赤い鳥

4年生

赤い鳥の会：編

小峰書店

はじめに

「赤い鳥」は鈴木《すずき》三重《みえ》吉《きち》という名高い文学者が、大正七年（一九一八）にはじめた、童話《どうわ》と詩《し》の雑誌《ざっし》で、十八年もつづき、百九十六さつもでました。

「赤い鳥」には、そのころの一流の文学者が心をこめて作品を書きました。すぐれた人びとが、こぞって、児童のために文学雑誌をそだてつづけたのが「赤い鳥」です。ですから、今でも、わたくしたちの生きていくために大事なことがらを教えてくれる、すぐれた童話や詩がたくさんのっています。

わたしたちは、この「赤い鳥」の中から、よいものばかりをえらんで、六さつの本をつくりました。これは、その一さつです。

赤い鳥の会

もくじ

ささめや ゆき　装画

井口文秀　くもの糸／三びきの小牛

小沢良吉　どろぼう／ろうそくをつぐ話

深澤紅子　ばあやの話／もちつき

深澤省三　やかんぐま／おもちゃは野にも畑にも

渡辺三郎　ごんぎつね

早川良雄　ばら／空がある／病気／月／かなりあ／風

杉浦範茂　ブックデザイン

赤い鳥 4年生

ばら

北原白秋《きたはらはくしゅう》

ばらは薄紅《とき》いろ、
内《うち》ほどあかい。
かさね花びら、
ふんわりしてる。

ばらは日向《ひなた》に、
お夢《ゆめ》を見てる。
ありは、へりから
のぞいて見てる。

ばらの花びら
そとがわ光る。
中へその影《かげ》
うつして、眠《ね》てる。

くもの糸

芥川《あくたがわ》 龍之介《りゅうのすけ》

一

ある日のことでございます。おしゃかさまは極楽《ごくらく》のはす池のふちを、ひとりでぶらぶらお歩きになっていらっしゃいました。

池の中にさいているはすの花は、みんな玉のようにまっ白で、そのまん中にある金色《きんいろ》のずいからは、なんともいえないよいにおいが、たえまなくあたりへあふれておりました。

極楽《ごくらく》はちょうど朝でございました。

やがておしゃかさまはその池のふちにおたたずみになって、水の面《おも》をおおっているはすの葉《は》のあいだから、ふと下のようすをごらんになりました。

この極楽のはす池の下は、ちょうど地獄《じごく》の底《そこ》にあたっておりますから、水晶《すいしょう》のような水をすきとおして、三途《さんず》の河《かわ》や針《はり》の山の景《け》色《しき》が、ちょうどのぞきめがねを見るように、はっきりと見えるのでございます。

するとその地獄《じごく》の底《そこ》に、犍陀多《かんだた》という男が一人、ほかの罪人《ざいにん》といっしょにうごめいている姿《すがた》が、お目にとまりました。

この犍陀多という男は、人をころしたり家に火をつけたり、いろいろ悪事《あくじ》をはたらいた大どろぼうでございますが、それでもたった一つ、よいことをしたおぼえがございます。ともうしますのは、あるときこの男が深い林の中を通り

ますと、小さいくもが一ぴき、道ばたをはっていくのが見えました。
そこで犍陀多《かんだた》はさっそく足をあげて、ふみころそうといたしましたが、
「いや、いや、これも小さいながら命《いのち》のあるものにちがいない。その命をむやみにとるということは、いくらなんでもかわいそうだ。」と、こうきゅうに思いかえしてとうとうそのくもをころさずにたすけてやりました。

おしゃかさまは地獄《じごく》のようすをごらんになりながら、この犍陀多《かんだた》にはくもをたすけたことがあるのをお思いだしになりました。そうしてそれだけのよいことをしたむくいには、できるならこの男を地獄からすくいだしてやろうとお考えになりました。

さいわい、そばをごらんになりますと、ひすいのような色をしたはすの葉《は》の上に、極楽《ごくらく》のくもが、一ぴき美しい銀色の糸をかけておりました。おしゃかさまはそのくもの糸をそっとお手におとりになりました。そして、それを、玉のような白はすのあいだから、はるか下にある地獄の底《そこ》へまっすぐにおおろしなさいました。

二

こちらは地獄の底の血の池で、ほかの罪人《ざいにん》といっしょに、ういたりしずんだりしていた犍陀多《かんだた》でございます。

なにしろどちらを見てもまっくらで、たまにそのくらやみからぼんやりうきあがっているものがあると思いますと、それはおそろしい針《はり》の山の針が光るのでございますから、その心細さといったらございません。そのうえあたりはかの中のようにしんとしずまりかえっていて、たまに聞こえるものといっては、ただ、罪人《ざいにん》がつくかすかなためいきばかりでございます。

これはここへ落ちてくるほどの人間は、もうさまざまな地獄《じごく》の責苦《せめく》につかれはてて、なき声をだす力さえなくなっているのでございました。

ですからさすが大どろぼうの犍陀多も、やはり血の池の血にむせびながら、まるで死にかかったかわずのようにただもがいてばかりおりました。

ところがあるときのことでございます。なにげなく犍陀多が頭をあげて、血の池の空をながめますと、そのひっそりとしたやみの中を、遠い遠い天の上から、銀色のくもの糸が、まるで人目にかかるのをおそれるように一すじ細く光りながら、するすると、自分の上へたれてまいるではございませんか。犍陀多《かんだた》はこれを見ると、思わず手をうってよろこびました。この糸にすがりついて、どこまでものぼってゆけば、きっと地獄《じごく》からぬけだせるのにそういございません。

いや、うまくいくと、極楽《ごくらく》へはいることさえもできましょう。そうすれば、もう針《はり》の山へおいあげられることもなくなれば、血の池にしずめられることもあるはずはございません。

こう思いましたから犍陀多は、さっそくそのくもの糸を両手でしっかりとつかみながら、いっしょうけんめいに上へ上へとたぐりのぼりはじめました。もとより大どろぼうのことでございますから、こういうことには、むかしからなれきっているのでございます。

しかし地獄《じごく》と極楽《ごくらく》とのあいだは、何万里となくへだたっているのですから、いくらあせってみたところで、よういに上へはでられません。ややしばらくのぼるうちに、とうとう犍陀多《かんだた》もくたびれて、もうひとたぐりも上のほうへはのぼれなくなってしまいました。

そこでしかたがございませんから、まず一休み休むつもりで、糸のちゅうとにぶらさがりながら、はるかに目の下を見おろしました。

するといっしょうけんめいにのぼったかいがあって、さっきまで自分がいた血の池は、いまではもういつのまにかやみの底《そこ》にかくれておりました。それからあのぼんやり光っていたおそろしい針《はり》の山も、足の下になってしまいました。このぶんでのぼっていけば、地獄からぬけだすのも、ぞんがいわけがないかもしれません。

犍陀多は両手をくもの糸にからみながら、ここへきてから何年にもだしたこ

とのない声で、

「しめた。しめた。」とわらいました。

ところがふと気がつきますと、くもの糸の下のほうには、数かぎりもない罪《ざい》人《にん》たちが、自分ののぼったあとをつけて、まるでありの行列《ぎょうれつ》のように、やはり上へ上へといっしんによじのぼってくるではございませんか。

犍陀多《かんだた》はこれを見ると、おどろいたのとおそろしいのとでしばらくはただ、ばかのように大きな口をあいたまま、目ばかり動かしておりました。

自分一人でさえ切れそうな、この細いくもの糸がどうしてあれだけの人数の重みにたえることができましょう。

もし万一、とちゅうで切れたといたしましたら、せっかくここへまでのぼってきた、このかんじんな自分までも、もとの地獄《じごく》へさかおとしに落ちてしまわなければなりません。そんなことがあったら、たいへんでございます。

が、そういううちにも、罪人《ざいにん》たちは何百となく何千となく、まっくらな血の池の底《そこ》から、うようよとはいあがって、細く光っているくもの糸を、一列《れつ》になりながら、せっせとのぼってまいります。いまのうちにどうかしなければ、糸はまんなかから二つに切れて、落ちてしまうのにちがいありません。

そこで犍陀多《かんだた》は大きな声をだして、

「こら、罪人ども。このくもの糸はおれのものだぞ。おまえたちはいったいだれにきいて、のぼってきた。おりろ。おりろ。」

とわめきました。

そのとたんでございます。

いままでなんともなかったくもの糸が、きゅうに犍陀多のぶらさがっているところから、ぷつりと音をたてて切れました。

ですから、犍陀多もたまりません。あっというまもなく、風をきって、こま

17　くもの糸

のようにくるくるまわりながら、見る見るうちにやみの底《そこ》へ、まっさかさまに落ちてしまいました。

あとにはただ極楽《ごくらく》のくもの糸が、きらきらと細く光りながら、月も星もない空のちゅうとに、短くたれているばかりでございます。

三

おしゃかさまは極楽のはす池のふちに立って、この一部《いちぶ》始終《しじゅう》をじっと見ていらっしゃいましたが、やがて犍陀多《かんだた》が血の池の底《そこ》へ石のようにしずんでしまいますと、かなしそうなお顔をなさりながら、またぶらぶらお歩きになりはじめました。

自分ばかり地獄《じごく》からぬけだそうとする、犍陀多の無慈悲《むじひ》な心が　そうしてその心そうとうなばつをうけて、もとの地獄へ落ちてしまったのが、おしゃかさまのお目から見ると、あさましく思《おぼ》しめされたのでございましょう。

しかし極楽《ごくらく》のはすの池のはすは、すこしもそんなことにはとんちゃくいたしません。

その玉のような白い花は、おしゃかさまのお足のまわりに、ゆらゆらうてなを動かしております。

そのたんびに、まんなかにある金色のずいからは、なんともいえないよいにおいが、たえまなくあたりにあふれでます。

極楽ももうお昼近くになりました。

（おわり）

空がある

――　与《よ》田《だ》準《じゅん》一《いち》

お家《うち》をでれば空がある。
きっとお頭《つむ》の上にある。

屋根《やね》の上にも空がある。
いつも見あかぬ空がある。

アンテナのさき　空がある。
いつも澄《す》んでる空がある。

電柱の上　空がある。
とてものぼれぬとこにある。

椎《しい》の林に空がある。
ハンケチのよな空がある。
椎《しい》のかげにも空がある。
冷《ひ》えた泉《いずみ》の底《そこ》にある。
街《まち》のほうへも空がある。
あおく流れた空がある。
家のすきまに空がある。
切れた四角の空がある。

雲の上にも空がある。
雲によごれぬ空がある。
空の上にも空がある。
神《かみ》さまの国、空がある。
遠いところに空がある。
高いところに空がある。
一度ゆきたい空がある。
ああ　どこにでも空がある。

ごんぎつね

新美《にいみ》南吉《なんきち》

一

これは、わたしが小さいときに、村の茂平《もへい》というおじいさんから聞いたお話です。

むかしは、わたしたちの村の近くの、中山《なかやま》というところに小さなお城《しろ》があって、中山さまというおとのさまが、おられたそうです。

その中山《なかやま》から、すこしはなれた山の中に、「ごんぎつね」というきつねがいました。ごんは、一人ぼっちのこぎつねで、しだのいっぱいしげった森の中にあなをほって住んでいました。そして、夜でも昼でも、あたりの村へでてきて、いたずらばかりしました。畑へはいっていもをほりちらしたり、なたねがらの、ほしてあるのに火をつけたり、百姓家《ひゃくしょうや》のうら手につるしてあるとんがらしをむしりとって、いったり、いろんなことをしました。

ある秋のことでした。二、三日雨がふりつづいたそのあいだ、ごんは、そとへもでられなくてあなの中にしゃがんでいました。

雨があがると、ごんは、ほっとしてあなからはいでました。空はからっと晴れていて、もずの声がきんきん、ひびいていました。

ごんは、村の小川のつつみまででてきました。あたりの、すすきの穂《ほ》には、まだ雨のしずくが光っていました。川はいつもは水がすくないのですが、三日もの雨で、水が、どっとましていました。ただのときは水につかることのない、川べりのすすきや、はぎの株《かぶ》が、黄色くにごって水によこだおしになって、もまれています。ごんは川下のほうへと、ぬかるみ道を歩いていきました。

ふと見ると、川の中に人がいて、なにかやっています。ごんは、見つからないように、そうっと草の深いところへ歩きよって、そこからじっとのぞいてみました。

「兵十《ひょうじゅう》だな。」と、ごんは思いました。兵十はぼろぼろの黒い着物《きもの》をまくしあげて、こしのところまで水にひたりながら、魚をとる、はりきりという、あみをゆすぶっていました。はちまきをした顔のよこっちょうに、まるいはぎの葉《は》が一枚《いちまい》、大きなほくろみたいにへばりついていました。

しばらくすると、兵十は、はりきりあみのいちばんうしろの、ふくろのようになったところを、水の中から持ちあげました。その中には、しばの根や、草

の葉《は》や、くさった木ぎれなどが、ごちゃごちゃはいっていましたが、でもところどころ、白いものがきらきら光っています。それは、ふというなぎのはらや、大きなきすのはらでした。兵十《ひょうじゅう》は、びくの中へ、そのうなぎやきすを、ごみといっしょにぶちこみました。そしてまた、ふくろの口をしばって、水の中へいれました。

兵十はそれから、びくを持って川からあがりびくを土手においといて、なにをさがしにか、川上のほうへかけていきました。

兵十《ひょうじゅう》がいなくなると、ごんは、ぴょいと草の中からとびだして、びくのそばへかけつけました。ちょいと、いたずらがしたくなったのです。ごんはびくの中の魚をつかみだしては、はりきりあみのかかっているところより下手《しもて》の川の中をめがけて、ぽんぽん投げこみました。どの魚も、「とぼん」と音をたてながら、にごった水の中へもぐりこみました。

いちばんしまいに、太いうなぎをつかみにかかりましたが、なにしろぬるぬるとすべりぬけるので、手ではつかめません。ごんはじれったくなって、頭をびくの中につっこんで、うなぎの頭を口にくわえました。うなぎは、キュッといって、ごんの首へまきつきました。そのとたんに兵十が、むこうから、

「うわァぬすとぎつねめ。」と、どなりたてました。ごんは、びっくりしてとびあがりました。うなぎをふりすててにげようとしましたが、うなぎは、ごんの

首にまきついたままはなれません。ごんはそのままよこっとびにとびだしていっしょうけんめいに、にげていきました。

ほらあなの近くの、はんの木の下でふりかえってみましたが、兵十《ひょうじゅう》は追っかけてはきませんでした。

ごんは、ほっとして、うなぎの頭をかみくだき、やっとはずしてあなのそとの、草の葉《は》の上にのせておきました。

二

十日ほどたって、ごんが、弥助《やすけ》というお百姓《ひゃくしょう》の家のうらを通りかかりますと、そこの、いちじくの木のかげで、弥助の家内《かない》が、おはぐろをつけていました。かじ屋の新兵衛《しんべえ》の家のうらを通ると、新兵衛の家内が、髪《かみ》をすいていました。

ごんは、

「ふふん、村になにかあるんだな。」と思いました。

「なんだろう、秋祭かな。祭なら、たいこやふえの音がしそうなものだ。それにだいいち、お宮にのぼりが立つはずだが。」

こんなことを考えながらやってきますと、いつのまにか、おもてに赤い井戸《いど》のある、兵十《ひょうじゅう》の家のまえへきました。その小さな、こわれかけた家の中には、おおぜいの人があつまっていました。よそいきの着物《きもの》をきて、こしにてぬぐいをさげたりした女たちが、おもてのかまどで火をたいています。大きななべの中では、なにかぐつぐつにえていました。

「ああ、葬式《そうしき》だ。」と、ごんは思いました。

「兵十の家のだれが死んだんだろう。」

お昼がすぎると、ごんは、村の墓地《ぼち》へいって、六地蔵《ろくじぞう》さんのかげにかくれていました。いいお天気で、遠くむこうにはお城《しろ》の屋根がわらが光っています。

墓地《ぼち》には、ひがん花が、赤いきれのようにさきつづいていました。と、村のほうから、カーン、カーンと鐘《かね》がなってきました。葬式《そうしき》のでるあいずです。

やがて、白い着物《きもの》をきた葬列《そうれつ》のものたちがやってくるのがちらちら見えはじめました。話し声も近くなりました。葬列は墓地へはいってきました。人びとが通ったあとには、ひがん花が、ふみおられていました。

ごんはのびあがって見ました。兵十《ひょうじゅう》が、白いかみしもをつけて、位牌《いはい》をささげています。いつもは赤いさつまいもみたいな元気のいい顔が、きょうはなんだかしおれていました。

「ははん、死んだのは兵十のおっかあだ。」

ごんはそう思いながら、頭をひっこめました。

その晩《ばん》、ごんは、あなの中で考えました。

「兵十のおっかあは、とこについていて、うなぎが食べたいといったにちがいない。それで兵十《ひょうじゅう》がはりきりあみを持ちだしたんだ。ところが、わしがいたずらをして、うなぎをとってきてしまった。だから兵十は、おっかあにうなぎを食べさせることができなかった。そのままおっかあは、死んじゃったにちがいない。ああ、うなぎが食べたい、うなぎが食べたいと思いながら、死んだんだろう。ちょッ、あんないたずらをしなけりゃよかった」

三

兵十が、赤い井戸《いど》のところで、むぎをといでいました。

兵十はいままで、おっかあと二人きりでまずしいくらしをしていたもので、おっかあが死んでしまっては、もう一人ぼっちでした。

「おれとおなじ一人ぼっちの兵十か。」

こちらのものおきのうしろから見ていたごんは、そう思いました。

ごんはものおきのそばをはなれて、むこうへいきかけますと、どこかで、いわしを売る声がします。

「いわしのやす売りだァい。いきのいいいわしだァい。」

ごんは、その、いせいのいい声のするほうへ走っていきました。と、弥助《やすけ》のおかみさんがうら戸口から、

「いわしをおくれ。」といいました。いわし売りは、いわしのかごをつんだ車を、道ばたにおいて、ぴかぴか光るいわしを両手でつかんで弥助の家の中へ持ってはいりました。ごんはそのすきまに、かごの中から、五、六ぴきのいわしをつかみだして、もときたほうへかけだしました。そして、兵十《ひょうじゅう》の家のうら口から、家の中へいわしを投げこんで、あなへむかってかけもどりました。とちゅうの坂の上でふりかえってみますと、兵十がまだ、井戸《いど》のところでむぎをといでいるのが小さく見えました。

ごんは、うなぎのつぐないに、まず一つ、いいことをしたと思いました。

つぎの日には、ごんは山でくりをどっさりひろって、それをかかえて、兵十《ひょうじゅう》の家へいきました。うら口からのぞいてみますと、兵十は、昼飯《ひるめし》を食べかけて、ちゃわんを持ったまま、ぼんやりと考えこんでいました。へんなことには兵十のほっぺたに、かすりきずがついていています。どうしたんだろうと、ごんが思っていますと、兵十がひとりごとをいいました。

「いったいだれが、いわしなんかをおれの家へほうりこんでいったんだろう。おかげでおれは、ぬすびとと思われて、いわし屋のやつに、ひどい目にあわされた。」と、ぶつぶついっています。

ごんは、これはしまったと思いました。かわいそうに兵十は、いわし屋にぶんなぐられて、あんなきずまでつけられたのか。

ごんはこう思いながら、そっとものおきのほうへまわって、その入り口に、くりをおいてかえりました。

つぎの日も、そのつぎの日もごんは、くりをひろってきては、兵十《ひょうじゅう》の家へ持ってきてやりました。そのつぎの日には、くりばかりでなく、まつたけも二、三ぼん持っていきました。

四

月のいい晩《ばん》でした。ごんは、ぶらぶらあそびにでかけました。中山《なかやま》さまのお城《しろ》の下を通ってすこしいくと、細い道のむこうから、だれかくるようです。話し声が聞こえます。チンチロリン、チンチロリンとまつむしがないています。

ごんは、道のかたがわにかくれて、じっとしていました。話し声はだんだん近くなりました。それは、兵十《ひょうじゅう》と、加助《かすけ》というお百姓《ひゃくしょう》でした。

「そうそう、なあ加助。」と、兵十がいいました。

「ああん？」

「おれあ、このごろ、とても、ふしぎなことがあるんだ。」

「なにが？」

「おっかあが死んでからは、だれだか知らんが、おれにくりやまつたけなんかを、毎日毎日くれるんだよ。」

「ふうん、だれが？」

「それがわからんのだよ。おれの知らんうちに、おいていくんだ。」

ごんは、二人のあとをつけていきました。

「ほんとかい？」

「ほんとだとも。うそと思うなら、あした見にこいよ。そのくりを見せてやるよ。」

「へえ、へんなこともあるもんだなァ。」

それなり、二人はだまって歩いていきました。

加助《かすけ》がひょいと、うしろを見ました。ごんはびくっとして、小さくなって立ちどまりました。加助は、ごんには気がつかないで、そのままさっさと歩きました。吉兵衛《きちべえ》というお百姓《ひゃくしょう》の家までくると、二人はそこへはいっていきました。ポンポンポンポンと木魚の音がしています。窓《まど》のしょうじにあかりがさしていて、大きな坊主頭《ぼうずあたま》がうつって動いていました。ごんは、

「おねんぶつがあるんだな。」と思いながら井戸《いど》のそばにしゃがんでいました。しばらくすると、また三人ほど、人がつれだって吉兵衛の家へはいっていきました。お経《きょう》を読む声が聞こえてきました。

五

ごんは、おねんぶつがすむまで、井戸《いど》のそばにしゃがんでいました。兵十《ひょうじゅう》と

加助《かすけ》はまたいっしょにかえっていきます。ごんは、二人の話を聞こうと思って、ついていきました。兵十《ひょうじゅう》の影法師《かげぼうし》をふみふみいきました。

お城《しろ》のまえまできたとき、加助がいいだしました。

「さっきの話は、きっと、そりゃあ、神さまのしわざだぞ。」

「えっ？」と、兵十はびっくりして、加助の顔を見ました。

「おれは、あれからずっと考えていたが、どうも、そりゃ、人間じゃな

い、神さまだ、神さまが、おまえがたった一人になったのをあわれに思わっしゃって、いろんなものをめぐんでくださるんだよ。」

「そうかなあ。」

「そうだとも。だから、毎日神さまにお礼をいうがいいよ。」

「うん。」

ごんは、へえ、こいつはつまらないなと思いました。おれが、くりやまつたけを持っていってやるのに、そのおれにはお礼をいわないで、神さまにお礼をいうんじゃァおれは、ひきあわないなあ。

六

そのあくる日もごんは、くりを持って、兵十《ひょうじゅう》の家へでかけました。兵十はものおきでなわをなっていました。それでごんは家のうら口から、こっそり中へはいりました。

そのとき兵十は、ふと顔をあげました。と、きつねが家の中へはいったではありませんか。こないだうなぎをぬすみやがったあのごんぎつねめが、またいたずらをしにきたな。

「ようし。」

兵十は、立ちあがって、納屋《なや》にかけてあるひなわ銃《じゅう》をとって、火薬《かやく》をつめました。

そして足音をしのばせて近よって、いま戸口をでようとするごんを、ドンと、うちました。ごんは、ばたりとたおれました。兵十《ひょうじゅう》はかけよってきました。家の中を見ると土間にくりが、かためておいてあるのが目につきました。

「おや。」と兵十は、びっくりしてごんに目をおとしました。

「ごん、おまえだったのか。いつもくりをくれたのは。」

ごんは、ぐったりと目をつぶったまま、うなずきました。

兵十は、ひなわ銃《じゅう》をばたりと、とりおとしました。青い煙《けむり》が、まだつつぐちから細くでていました。

（おわり）

病気《びょうき》

小林純一《こばやしじゅんいち》

夜中のような
気がするに、
人のこえなど
しています。

冷たい雪に
カッカッと、
赤いそりでも
走るよで。

だれか見舞《みまい》に
持ってきた、
花のにおいの
つよいこと。

学校の庭が
おもわれて、
一人で薬《くすり》
のみました。

やかんぐま

江口《えぐち》　渙《きよし》

一

これはいまから二十五、六年もまえに、北海道でほんとうにあったお話です。

その時分《じぶん》の北海道はいまのように開けていなかったので、野にも山にも深い深い森がしげっていたうえに、どこへいってもあまり人が住んでいないので、ものすごいようなところばかりでした。

そのころ、内地《ないち》から北海道へわたっていった人たちが、まず第一にしなければならない仕事は、大きな森の木をはしから切りたおしては、新しく畑をつくることでした。そういうことをするのを「開墾《かいこん》」といい、そういうところを「開墾地《かいこんち》」といっております。

石狩《いしかり》の国のある山奥の開墾地に百姓《ひゃくしょう》の親子が三人、掘立小屋同様《ほったてごやどうよう》のみすぼらしい家をたてて住んでおりました。まだ開墾をしはじめたばかりの場所なので、近所の森にはくまや野犬やわしなどが、まっ昼間でさえよく姿《すがた》をみせました。それはそれはさびしい、きみのわるいところでした。

親子三人がそこへ住んでから二年目の、秋のある夕方でした。その日はどうしたのか、山の畑へはたらきにいった父親のかえりが、いつもよりかだいぶおそくなりました。で、母親と十になる男の子の平吉《へいきち》とは、すこし心配しながら家の中でさびしく待っておりました。

でも、あんまりおそいので母親は平吉《へいきち》をあいてに、晩《ばん》のご飯《はん》のしたくにとりかかりました。むろんみすぼらしい掘立小屋《ほったてごや》同様《どうよう》の家ですから、台所などというものはありません。煮《に》たきからあらいものまでみんな戸口のそとの地面の上でするのです。

いったい、北海道の山の中はどこでも寒いのでおこめというものができません。で、百姓《ひゃくしょう》たちはみんなじゃがいもか、とうもろこしか、大豆《だいず》ぐらいをご飯《はん》のかわりに食べるのです。そのうえ、この三人の親子はことにびんぼうなくらしをしていたので、なべかまなどもろくろくそろっていませんでしたから、どうかするとあかがねの大やかんをつかって、大豆やじゃがいもなどをゆでました。

その日も、あいにくたった一つしかないなべがふさがっていましたので、大豆をゆでるのにあかがねの大やかんをつかいました。そして、それを石油のあきかんでつくったしちりんの上へかけて、下から火をたきつけました。母親は小屋の戸口のそとへしゃがんでせっせとしちりんの下をあおぎましたが、やがてまもなくやかんがぐらぐらとにたって、晩《ばん》ご飯《はん》の大豆《だいず》がだんだんゆだってきました。それだのにどうしたのか、父親はまだかえってまいりません。

「きょうはおとっつぁん、えらくおそいな。おっかさんがちょっとそこいらまで見にいってくるから、そのあいだ、おまえここで番をしていておくれ。」

だんだん、かえりのおそいのが心配になってきた母親は、とうとうこういって立ちかけました。すると子どもの平吉《へいきち》もまだやっと十にしかなりませんから、一人であとにのこっているのがひどくおそろしくなりました。

「おれもいっしょにつれていっておくれよ。一人でこんなところにいるのはいやだから……。」

こういって平吉はもう泣《な》きだしそうな顔をしましたので、母親がしかたなし

に、いっしょにつれてゆくことにしました。
「じゃ。ちょっと待っておくれ。やかんがふいてお湯がこぼれると、せっかくおこした火が消えるから、いっそふたをとっていこう。」
いったん歩きだした母親はこういってちょっとあともどりをして、やかんのふたをはずしてから、また、平吉《へいきち》をつれてでかけました。
日はいつのまにかむこうの山に落ちていましたが、空にはいちめん夕やけのした雲が赤あかと流れていましたので、あたりはまだ夕方とは思えないほど明るく見えました。それでも森の中はたいへん木がしげっているのでもうすっかり暗くなっていました。で、親子はしっかりと手をつなぎながら、ぶきみな思いをがまんしてそろそろと森かげの小道へはいりました。

ちょうど、そのときです。とつぜんがさがさとささの葉のすれあう音がして、そのおなじ小道を森のおくから、だれか歩いてくるようすが見えました。でも、うす暗いうえに、ささが深いのでだれだかどうもはっきりわかりません。

「とっさんか。」

はじめに平吉《へいきち》がどなりました。しかし、返事がありません。

「だれだ。おとっさんじゃないか。」

二度目に母親がよびかけました。やはり、返事がありません。ただ、ささのなる音がだんだんひどくなって、だれかがいそぎ足にくるようです。と思ううちに、ぴったり足音がとまるがはやいか、がさがさといちだんはげしくささがなりますと、いきなり一ぴきの大きなくまが、二人の四、五間《けん》まえのところへ立ちあがりました。（一間＝約一・八メートル）

それを見ると、親子二人はびっくりしたのしないのって、ほんとうに体中の血が一度にこおるほどにおどろいて、思わず「キャッ」と声をたてましたが、あとはまったくむがむちゅうで、ただおたがいにしっかりと手をひきながら、いっしょに家のそばまでにげてきました。

しかし、親子はやっとにげてかえってきたものの、女と子どもの二人ぎりではどうすることもできません。で、しかたがなしにただいきなり家の中へとびこんで、戸をぴしゃりとしめて、中からかたくしんばり棒《ぼう》をかいました。するとくまは二人のあとについて、まもなく家のそばまできましたが、だれもいないのをふしぎに思ったせいか、しばらくのそりのそりと家のまわりを歩きました。

親子はあまりのおそろしさにぶるぶるとふるえて、いまにもくまが戸口からとびこんできはしないかと考えながら、じっといきをころしていました。でも、やはり、こわいもの見たさに、戸のふしあなからそっとそとをのぞいてみますと、やはり、くまはのそのそと歩いています。しかも、まっ黒な顔をすこし上へむけて、いかにも人間のにおいをかぎまわるように鼻をぴくぴくさせているのです。

「はやくかえってくれないかなあ。二人のいどころを見つけないうちに、はやくどこかへいってくれないかな。」

二人はこんなことを思いながら、なお体をぶるぶるふるわせて、いつまでも、声をたてずに立ちすくんだまま、ふしあなからのぞいていますと、くまはちょっとなにか考えるように首をかたむけたあとで、こんどは石油かんのしちりん・・・

にかけてある大やかんのそばまでゆきました。

二

・・・・しちりんの下にもえていた火はいつのまにかすっかり灰《はい》になって煙《けむり》さえもでませんでしたが、上へかけた大やかんからはやはり、ゆだった大豆《だいず》のにおいといっしょに、あたたかそうな湯気《ゆげ》がぽかぽかとたっていました。くまは秋の夕方のうすらあかりの中へ白《しら》じらとたちのぼる湯気を見ますとふたたび鼻をぴくぴくとさせました。するとうまそうな大豆のにおいがぷうんと強くおなかの中へしみたのでしょう、いかにも「こいつはうまそうだな」というふうな目つきをして、ちょっと大やかんの中をのぞきました。と思ううちに中の大豆をかきだすつもりか、右のまえあしをあげて、大きな手首をぐいと大やかんの中へつきこみました。

ところがやかんの中のお湯はぐだぐだ湯気《ゆげ》のたつほどあつかったからたまりません。くまはたちまち「わッ、おー」というようなするどいさけび声を一声あげると、いきなりあとあしでつったちました。それといっしょに大やかんの中へつっこんだ右のまえあしをすとんと頭の上までさしあげました。そしていかにも「あっちッちい」というふうにふたたび「わッ、おー」とうなりました。

まえあしをふりあげるいきおいがひどかったので、石油かんのしちりんはいっきに五、六間《けん》もはねとばされましたが、たちまちひどい灰神楽《はいかぐら》をあげながら、おそろしい音をたてて家のよこての草むらの中へ落ちました。ところが、どうしたはずみか大やかんだけは、くまの手首をはなれなかったものですから、くまがまえあしをふりあげると、ちゅうにさしあげられたやかんはたちまち下をむきました。そしてその大きな口からはゆだった大豆《だいず》といっしょににえ湯がざっと流れだしたからたまりません。くまは見る見る手といわず顔といわず、かたからむねのあたりまでも、あついお湯をいちめんにあびました。そのためまたまた「わッ、おー」というおそろしいうなり声をあげながらまたまたいかにも「あちッちい」というふうに、つっ立ちあがったあとあしをばたばたさせては、ふりあげた手首を頭の上でむやみにぐるぐるまわしました。

ところが手首をふりまわせばまわすほど、がちゃがちゃとやかんの取っ手が大きな音をたてては、口からゆだった豆《まめ》がばらばらとこぼれだすので、くまはいよいよひどくおどろきました。そして、おどろけばおどろくほど、ますます「わッ、おー」「わッ、おー」というおそろしいうなり声をだしては、さしあげた手首をはげしくふりまわすので、やかんの取っ手はなおさら大きなひびきをたててはなりひびき、ゆだった豆はいよいよばらばらとくまの頭へこぼれました。そのときのくまのようすは、びっくりしたというよりも、むしろ、すっかりあわてきったというふうにかわりました。まったくのところ、みょうにお

55 やかんぐま

ちついているへいぜいのくまとはすっかりかわって、こわいとか、ものすごいとかいうところがないだけでなく、かえって気のどくになるほどひどくめんくらっていました。

と、思ううちに、くまはちょっとのあいだおそろしい目つきをして手首にはまっている大やかんをじっとにらみつけました。そして、「このにくいやつめ！」「この野郎《やろう》！」とでもいうふうに、体中の力をこめてどしんと手首をうちおろすといっしょにやかんを思いきりはげしく地面へたたきつけました。しかも、地面へたたきつけたそのとたんに、ぶすりと大きな音がして、一度にやかんの底《そこ》がぬけましたからたまりません。やかんはなおさら深く手首へ食いこんでしまいました。するとくまはいよいよおこって、「こいつめ、こいつめ」というように、むやみやたらに手首で地面をたたきちらしては、やはり、「わッ、おー」「わッ、おー」と、いかにもはらだたしそうに、また、かなしそうにうなりました。そのたびに、やかんの取っ手が、がちゃりがちゃりといよいよ大きなひびきをたてていなりますので、くまはやけにおこっては、またいっそうひどく地面をたたきました。そしてやかんはいよいよ手首へ深く食いこんでゆくだけでした。

しばらくのあいだ、くまがおこりおこりまえあしで地面をたたくじひびきの音と、やかんの取っ手のなる音と、そして、「わッ、おー」「わッ、おー」といううなり声が、あたり近所へものすごくひびいていました。しかし、やがてその「わッ、おー」というおそろしいうなり声が、ただ「うおー」「うおー」という、かなしそうな声にかわったころには、手首に食いこんだやかんは、ますます深く食いこんだまま、すっかり、ぺちゃんこにつぶされてしまっていました。

三

そのうちに、一度くまは大きな口をあけて、がちゃがちゃとなるやかんの取っ手に食いついて、力まかせにぐいぐい左右《さゆう》にふりましたが、取っ手がとれただけで、やはり、やかんはとれません。かえってなおさら深く食いこみました。するとくまは、きっと、なにかおそろしいものに食いつかれたとでも思ったのでしょう。そして、「あいてはよほど強いので、とても自分にはかなわない。ぐずぐずけんかしているよりも、いっそにげだすほうがよさそうだ」とでも思ったものとみえて、こんどは四つんばいにはいながら、ぴょこんぴょこんととびあがっては、むやみにぐるぐるとはねまわりはじめました。

しかし、いったん、ぺっちゃんこになるほど食いこんだやかんは、つぶされてもころされてもけっしてはなれるものかというふうに、手首へしっかりかみ

ついているのですから、どうすることもできません。くまがにげだそうと思って、ぴょこん、ぴょこんととびまわると、そのたびにがちゃがちゃと音をたてながら、どこまでもくまといっしょにくっついてゆくのです。そしてくまがあれればあれるほどなおさらいたいほど強く手首にかみつくのです。おしまいにはくまはほんとうにもうどうすることもできなくなってしまいました。そのうちに、なんと思ったのかくまはぴょこんぴょこんととびまわるのもよしてしまって、ぐったりとつかれたように地面の上へはらんばいになりました。そして、いかにもかなしそうな目つきをして、ひしゃげた手首のやかんをじっとながめました。そのときのくまの目つきは「おれはとうていおまえにはかなわないよ。だからどうかもうかんにんしてくれ。もうかみつくのはよしてくれ」とでもいうようでした。

やがて大きなためいきを一つつくと、くまはだんだん暗くなりかけた夕方の空をあおいで、一声長く「うおー」とかなしそうになきましたが、いきなり体を起こしてぶるぶると身ぶるいをしたかと思うと、いちもくさんにもときた森のほうへにげだしました。しかし、やはり、やかんがくっついてはなれないので、ときどき立ちどまっては、右の手首をへんな形にあげたりさげたりして「うおー」と長い声でなきながら、すたすた走ってゆきました。

くまの姿《すがた》が見えなくなると、親子ははじめて安心して、やっとそとへでました。しかし、もういつのまにかこわいのを通りこしてかえっておかしくって、おかしくってたまらなくなっていました。で二人はわらいながら、くまがはねとばした石油かんのしちりんをさがしてきたり、あたりにちらばった豆《まめ》のそうじをしたりしました。

そのうちに父親もやっと畑からかえってきました。

「どうりで、いましがた、森の中でみょうな声をだして走るものがあるので、なんだと思ったらくまだったので、すっかりびっくりしちゃったけど……へんにがちゃがちゃいわせるので、ふしぎに思ったら、……なんだやかんに食いつかれたのか。」といって父親も大わらいをしました。

そのご、大やかんはいつまでもくまの手首にくっついたままはなれないので、このくまが山からでてくるときには、いつもがちゃがちゃとやかんの音をさせるのです。で、みんなはその音を聞くとすぐくまのくるのをさとりました。そして、いつとはなしにやかんぐまという名をつけるようになりました。

このくまはおしまいにとうとうりょうしにうたれましたが、あんまりめずらしいというのでその皮を剥製《はくせい》にして、札幌《さっぽろ》の博物館《はくぶつかん》でとっておくことになりました。札幌へいったかたは、博物館へいってごらんなさい。いまだにひしゃげたやかんをかたっぽの手首へはめたこのくまの剥製がちゃんとかざってありますから。

（おわり）

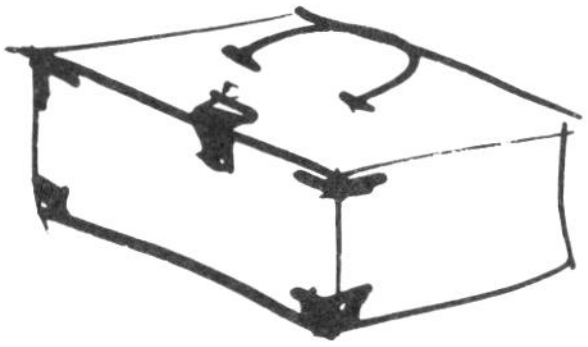

どろぼう

久米《くめ》正雄《まさお》

一

むかしある村にびんぼうな小《こ》商人《あきんど》がおりました。その商人《あきんど》は年が年中、それこそ手足ものばさずにいっしょうけんめいにはたらいているのでしたが、それでもいつまでもおなじようにびんぼうに追われてばかりいるものですから、あるときとうとう決心して、遠い遠いよその土地へでてゆきました。そしてそこで十二年のあいだどんどんかせいで、しまいにはたいそうな身代《しんだい》をつくりあげました。商人《あきんど》はもうこれで安心だとよろこんで、これからさきは村へかえって、ゆっくり一生をおくりたいと思いました。それでひとまず身代をすっかりお金にかえてしまいました。しかしそのたいそうなお金をそのまま持ってあるくと、とちゅうでかならずどろぼうにおそわれるので、さんざん考えたあげく、そのお金でとうとい宝石《ほうせき》を買えるだけ買いとりました。そしてわざときたならしい着物《きもの》をきて、宝石をいれた小箱《こばこ》をこっそり膚身《はだみ》にかくして、やっとその土地をたってでました。そしていく十日目かに、ようやく自分の村から三十里ばかりはなれた、ある町へつきました。商人は、もうこれからさきはどろぼうもだいじょうぶだとやっと安心しました。

この町のある通りには、いろんな宝石や金銀のかざり物や、そのほか金目の高い絹物《きぬもの》や壁《かべ》かざりなぞと、ほうぼうの国ぐにからあつまった、りっぱな品物ばかり売っている店が、りょうがわにならんでおりました。商人《あきんど》はふとその中のある店へはいりました。そこでは、店の持ち主が長い銀《ぎん》のきせるでぷかぷかたばこをふかしながら、お客を待っておりました。商人はその店ですこしの買物をしました。すると目のするどい店の主人は商人のそぶりで、このお客は見かけとちがってお金はどっさり持っているなとにらみました。それでわざわざ別間《べつま》へ通して休ませました。商人はそこで主人をあいてにしばらく世間話《せけんばなし》をしました。

「お客さまはこれからどちらまでおでかけでございます。」と主人は聞きました。

商人は、

「いやわたしはこれこれこういうしだいで、ひさしぶりに、これこれの村へかえるところです。」と答えました。そうすると主人はきゅうにまゆねにしわをつくって、

「では、よっぽどお気をおつけにならないとあぶのうございますよ。あすこのとちゅうはちかごろよくどろぼうがでますので、だいじなものを持っては昼でもうっかり通れませんよ。」といいました。商人《あきんど》はそれを聞くと、思わずれいの小《こ》箱《ばこ》に、着物《きもの》の上から手をあてました。せっかくここまで無難《ぶなん》にかえってきたのに、いまとなってむざむざこれをぬすまれてはたいへんだと思いますと、なんだかむやみに心配でたまらなくなりました。でとっさに考えて、

「じつはわたしは人からたのまれて、こんなものを持っているのですが、それではは万一のことがあるといいわけがたたないから、ひとまずわたしが身一つで村へかえって、わかいものを十人ばかりつきそいにやとってきますから、すみませんが、それまでどうかこれをあずかってくださるまいか。」と、ふるえ声でいいながら、れいの小箱をとりだして、ふたをあけて見せました。

「お店なら、こういうものをちゃんといれとくところがおありでしょう。」

「いや、それはこまります。めったなものをおあずかりして、もしまちがいでもおこりますとそれこそさわぎでございます。どうかそれだけはおゆるしをねがいます。」と主人は正直らしい人だけに、きっぱりこういってことわりました。しかし商人《あきんど》は、ほかにはくふうがつかないので、ごめいわくでもあろうが、そこをひとつ、わたしをたすけると思って、二、三日のあいだどこかへしまっておいてくださいと、泣《な》きつくようにたのみました。すると主人もしまいには人情まけをしたとみえて、

「ではしかたがございません。むりにもおあずかりもうしましょう。そのかわりすぐにとりにきてくださるでしょうね。」

「それはまちがいなくおおいそぎででてまいります。」と商人はおおよろこびで、小箱《こばこ》をわたしました。そしていそいでその店をでて、しばらく歩いてゆきましたが、ふと、またひきかえしてさっきの通りにならんでいる、れいのおなじょ

うな店の一つへいって、あすこのこれこれこういう店は、たしかな店かと、ねんのために聞いてみました。すると、ええええ、あの店は信用のあるりっぱな店ですと、うけあってくれました。商人《あきんど》はそれですっかり安心して、いそいで村へかえってきました。そしてさっそく、強いわかものを八、九人やとって、町へひきかえしてゆきました。そしてみんなをある通りに待たせておいて、人目をひかないように、一人でれいの店へやっていきました。そして主人に、

「どうもごやっかいさまでした。じゃあれをいただいてゆきましょう。」といいますと、あいてはけげんな顔をして、

「おまえはだれだい。あれとはなんだい。」と、そっぽをむいたきり、とりあおうともしません。商人はわらいながら、

「もしもし、もうわたしを見わすれたんですか。ほら、あの小箱《こばこ》をあずけていったわたしですよ。」

「なんだ、箱《はこ》をあずけ？　ははは、なにをいってるんだい。おれはおまえみたいなへんてこなこじきの顔を見るのは生まれてはじめてだ。そんなところでねごとをいわれちゃ商売のじゃまになる。でろでろ、こらでないか。」と、主人は目をいからしてどなりつけました。

「おいおい、じょうだんいっちゃいけない。たった二、三日まえにあの宝石《ほうせき》の箱をおまえにわたしておいたじゃないか。」と商人《あきんど》も声をあらくしていいました。するど、近所の店から、なんだなんだといって、おおぜいでかけつけてきました。

「なあに、このこじきのやつがはいってきて、おれにいいがかりをつけようというんだ。すまないがちょいとたたきだしておくれ。」

「なんだ、このやろう。」と、みんなはいきなり商人を往来《おうらい》へひきだして、ところきらわず、けったりなぐったりして半殺《はんごろ》しにしたあげく、わきのさびしい通りまでぐんぐんひきずっていって、大きな土塀《どべい》の下へつきたおしてゆきました。

商人《あきんど》は、ううんといって、そのまま目をまわしてしまいました。やとわれてきたわかものたちは、長いあいだ町つじに立っていましたが、いつまで待っても商人がかえってこないので、もともとばかな連中《れんちゅう》なものですから、これは、ほかの通りからもうさきにかえったのにちがいないといって、みんなでのその村へかえってしまいました。

そのうちに、商人はふと正気づいてみますと、もうあたりはまっ暗な夜になっておりました。商人はくやしなみだをかみしめながら、そのままふしころんでおりますと、まもなくむこうから人の足音がしてきました。

「おい、どろぼうじゃなかろうか。」

「なに、どろぼうは夜だって、体を見せてこごんでやしない。だいじょうぶだ。」

こういいながら二人のわかい人がそばを通ってゆきました。それは夜中の一時ごろでした。やがてそのなかの一人が夜明けまえにまたそこを通りますと、

れいの男がまだおなじところにころんでいるので、

「おいおい、おまえさんはいったいどうしたんだ。」と聞きました。商人《あきんど》は、わけをすっかり話しました。するとわかい人は、

「いや、とんでもない。あいつは町でも名《な》通《どお》りのおおどろぼうだ。あすこに店をならべているやつらはみんなあいつの子分だ。あんなやつにかかっちゃたすからない。まあともかく、わしの家へきなさい。」と、商人をむりにひっかかえていって、まもなくある家へつれこみました。夜があけてみますと、そこは大きなお金持の家で、さっきのわかい人がその家の主人でした。この若主人《わかしゅじん》は、もともとしようのないどうらくもので、毎日くだらないなかまといっしょになって、お金を湯水《ゆみず》のようにつかっている男でした。しかし、商人はおかげで、お医者もよんでもらい、きれいなお部屋へねかされていっしょうけんめいにかいほうしてもらいました。そのうちに主人のなかまが、そろそろやってきて、

「ほう、この人か。どうだい。まだいたいかい。」なぞと、みんなで、いろいろしんせつに話しかけました。

二

それから、四、五日たって、商人《あきんど》がもう自由に足もきくようになりますと、どうらくものの若主人《わかしゅじん》が、

「おい、いいことがある。これからすぐでかけて、こないだの塀《へい》の下へいって立っていないか。そのうちに、きれいな女の乗るかごがきたら、そのあとについて、れいのどろぼうの家のそばまでいって、かくれて立っていな。そうするとかごの中の女が手まねきをするからね。そうしたら、れいのどろぼうの店へはいって、こないだ、宝石《ほうせき》をいれた箱《はこ》をあずけておきましたね。あれをいただきにあがりましたと、なにげないふうでこういいな。」

「だめです。そんなことで、オイといってかえすくらいなら、人をこんな目にあわしはいたしません。」

「まあいいからおれのいうとおりにおし。いまいったとおりを、おとなしくいうんだよ。」

で、商人《あきんど》はしかたなしにれいの塀《へい》の下へいって立っておりました。するとしばらくたってから、やっと、四人でかついだりっぱなかごがやってきました。そのそばには一人の身なりのきれいなわかい人がついておりました。見ると、そのわかい人は、こないだからちょいちょい顔を見ている、れいの若主人《わかしゅじん》のなかまの一人でした。商人はへんだなと思いながら、そのかごのあとについてゆきました。するとかごはどろぼうの店のまえへおりました。商人は町角に立って、あいずを待っておりました。こちらでは、つきそってきたわかい人が、かごがおりるとどうじにこちらがわのとばりを半分あけて中から、大きな、りっぱな

手箱《てばこ》をとりだしました。とばりの中には目のさめるようなきれいな着物《きもの》をきた、わかい貴婦人《きふじん》の下半身《しもはんしん》がちらと見えました。どろぼうの主人は、それを見るとこれはよいお客がきたとよろこんでいそいで店さきへでむかえました。わかい人は箱《はこ》をかかえてはいってきて、

「あなたがここのご主人ですか。じつはあすこにかごに乗っているのはわたしの身内《みうち》のものの家内《かない》ですが、夫《おっと》と二人で旅へでかけるとちゅう、

この町までできますと、夫《おっと》がふいに急《きゅう》用《よう》でひきかえしたものですから、女一人の旅ではとちゅうがきけんなのでせめてだいじなものだけ、どこかへあずけてゆこうというのです。この中には、宝石《ほうせき》や、いろんな髪《かみ》かざりなぞがいっぱいはいっているのですが、こんなたくさんな金目のものをめったなところへあずけるわけにもゆかないし、ひどくこまっているところです。ひとつごやっかいでもどうかあなたのお家へ。」といいかけ

ますと、どろぼうはれいのようにそれはこまるといってことわりました。しかし心の中では、そうらきた、こんどはこのまえのようなケチなえものとちがって、あんな大きな箱《はこ》へいろんなものがいっぱいはいっているというんだからすばらしい、こいつはしめた、と口の中へつばきをわかしました。わかい人は、そうでもあろうがどうぞまげてあずかってくれと、いっしょうけんめいにたのみました。

「そうまでおっしゃられちゃしかたがありません。それじゃとくにおあずかりいたしましょう。」とどろぼうはしまいにやっとこういいました。そのとき、かごの中の女の人は、むこうがわのとばりをあけて、はやくはやくというようににれいの商人《あきんど》にむかって手まねきをしました。待ちかまえていた商人はそれを見ると、いそいでかけつけてきました。

「しかしいったい、いつまでおあずかりするのです。」とどろぼうは、それでも

まだうわべはめいわくそうにわかい人に聞きました。そこへ、れいの商人《あきんど》がはいってきて、

「もしもし、こないだ、宝石《ほうせき》をいれた箱《はこ》をあずけておきましたね。あれをいただきにあがったんですが。」といいました。どろぼうは、

「こんちくしょう、わるいところへでさばりやがったな。」と思いましたが、もし、あずかったあずからないといいあらそうと、かんじんなこちらのわかい人がおれの店をうたぐって、せっかくあずけようとしてるものをひっこめるとたいへんだ。これは、こいつのすこしばかりの宝石にはかえられないと思いましたので、

「はいはいかしこまりました。」といいながら、すぐに店へあがって、こないだうばいとった箱を、そのままだしてかえしました。商人は、びっくりしてすぐに中をあけてみますと、宝石もちゃんと、そのままはいっているので、

「いよう。」とよろこんで、往来《おうらい》へかけだすなり、

「ああ、うれしやうれしやうれしや。」といいながら、くるくるおどりだしました。

するとわかい人は、往来をのぞいて、

「おや、あすこに夫《おっと》の人がひきかえしてきた。もしもし、せっかくおねがいしましたが、もう夫がきたからようござんす。」といって、その箱《はこ》をとばりの中へおさめたかと思うと、

「ははあ、うまいうまい。」と、これも往来のまんなかで商人《あきんど》といっしょにおどりだしました。どろぼうは、しばらくあっけにとられて立っていました。するとかごの中から、くすくすわらいながら、女の着物《きもの》をきた、れいの道楽《どうらく》ものの若主人《わかしゅじん》がでてきて、さもうれしそうに、

「ああゆかいゆかい。」といいながら、いっしょになって、おどりました。

するとどろぼうは、

「ふふうん、そうか。いやうまくかつぎァがったな。」といいながら、これも往《おう》来《らい》へとびだして、いっしょにおどりだしました。すると、かごにつきそってきた、さっきのわかい人が、

「おやおや、おまえはなんでおどるのだい。あの商人《あきんど》はだいじな宝石《ほうせき》をとりかえしたから、うれしいにきまってる。おれたちは、計略《けいりゃく》がうまくあたったからゆかいでおどるんだ。おまえは、かつがれて損《そん》をしたんじゃないか。」といいますと、どろぼうはちょっとおどりをやめて、

「いやいやそうでない。おれはこれまで、あいてを信用《しんよう》したようにみせかけて、それでうまくだます法《ほう》を十三知っていた。もうそのほかにはいい法はないものと思っていたが、いまおまえからならって十四になった。だからゆかいでおどるのさ。」といいいいい、またくるくるおどりだしました。


（おわり）

月

清水《しみず》たみ子《こ》

月はどこかのこずえから、
夜はするするあげられる。

金の糸目をつけられて、
子どもがたこをあげるよに。

そしてどこかのこずえから、
明けがたするするたぐられる。

「おめめさませよ、町の子よ。」
お窓《まど》すれすれ通ってく。

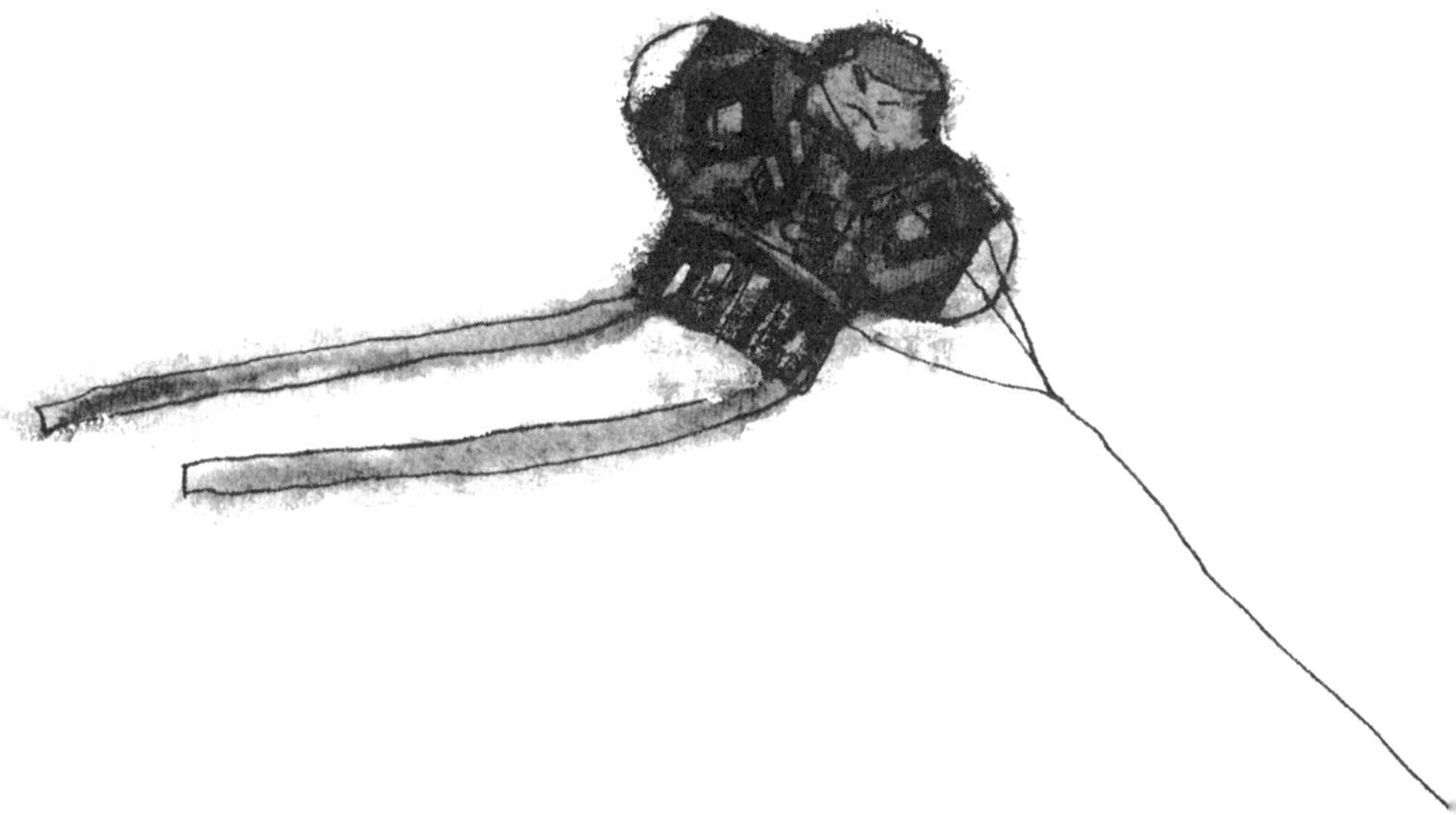

ばあやの話

有島生馬《ありしまいくま》

芳子《よしこ》さん、あなたのお話たいへんおもしろかったわ。ではこんどはまたわたしの番ね。やっと十日ばかりまえのことよ。大きなこうもりがさと小さなふろしきづつみ一つさげた、がんこらしいいなかのおばあさんが、夕方、ひょくりおうちの玄関《げんかん》へはいってきて、

「ごめんなさい」ってどなっていたのよ。お鍋《なべ》って、うちの女中のことよ。お鍋が玄関へでたの。

「こなたは杉田《すぎた》さんかい。」

「はい杉田です。」

「杉田正太郎《すぎたしょうたろう》ってんだろう。」

「はいそうです。」

「ああ、やっと知れた。ばあやはね、ずいぶんそこらじゅうまごついたよ。」

「へえ、そうでございましたか。」

「ああそうだとも、まごついたともね、どのくらいまごついたか知れやしない。」

「へえ、そうでご……。」

「だんなさまはうちにいるかい。」

「はい、いましがたおかえりになりました。」

「では小田原《おだわら》から鉄《てつ》がきたといっておくんなさい。」

「はい。」といって、お鍋《なべ》は、くすくすわらいながらころがるようにひきこんできたの。

「おじょうさま、たいへんないなかのおばあさんがまいりました。」

「そうかい、大きな声で話す人ね。わたしの部屋までみんな聞こえてよ。」

「どういたしましょう。」

「どうしようって、おとりつぎなさいな。」

お鍋《なべ》といっしょにわたしもおくへいってみたの。

「だんなさま、ただいま小田原《おだわら》の鉄《てつ》といういなかもののおばあさんがまいりまして、だんなさまへお目にかかりたいようなことをもうしておりますがどういたしましょう。」

ご膳《ぜん》を食べかけていらしったおとうさまは首をひねって考えていらしったの。

「家をまちがえたのではないかい。」

「いいえ、そうらしくありません。杉田正太郎《すぎたしょうたろう》だろうって、よびつけにしてい

紅子

ました。」とわたしがいったら、お鍋《なべ》もまたわらいながら、

「それはおもしろいげたをはいております。親指の二つがけぐらいある黒いはなおのすがった、ほうの木のあしだで、東京などでは看板《かんばん》でもなければ、見られないようながんこなのでございます。」

「まちがいでなければ通して待たせておおき。」

お鍋が玄関《げんかん》へいまいったかと思うまに、いなかのおばあさんが一人、こうもりがさとふろしきづつみとを持ったまま、しきいのところへぼうのようにつったっていたの。そしてよそをむいたような形で一つおじぎをして、

「まあ大きくなったね。」といったきり、しげしげおとうさまの顔を見ていたわ。うすきみがわるいから、わたし、おかあさまのうしろからそっとのぞいていたのよ。

「おまえはだれだったかね。わたしはどうもおぼえていないが。」とおとうさま

がおっしゃったら、

「わたしかね、わたしは鉄《てつ》です。あなたの子どもの時分《じぶん》うちへいた鉄です。」といったまま、そのおばあさんはほろほろ泣《な》きはじめたのよ。

「豊子《とよこ》、わたしのご膳《ぜん》のすむまで、あっちへつれていって、ご膳まえだったらしたくをしておやり。」

そうおとうさまはおかあさまへおっしゃったの。

「はい。……ではあなたね、いまだんなさまはおかえりになったばかりでお食事中ですから、ともかく一度あっちにいって休んでいてくださいな。」

「ああ、そうかね。」とおばあさんはいうのよ。そうしてこうもりがさとふろしきづつみとを、またたいせつそうにかかえて台所のほうへおかあさまのあとをついていったの。

「おとうさま。あれいったいだれ。」

「だれだかおぼえていないね、ふるくうちにいた女中だろうが、鉄《てつ》という名はどうも思いだせない。」

「よっぽどおもしろい人だわね。」

「そうだね。おばあさまにでもうかがったら、きっとおぼえていらっしゃるだろうよ。」

おとうさまとそんなお話をしているところへ、おかあさまがふすまをあけてはいっていらしって、

「おとうさま、あなたあの人おぼえていらっしゃらない。あの人ですと

さ、そら、あの。」

「そらあのって人は知らないよ。」

「それあの、あなたの、……あなたをそだてたばあやですとさ。」

「ばあや？　わたしのばあやだって？」

「ええ、ばあやなんですって。ふところからあなたのあかちゃんのこんな写真《しゃしん》を二枚《まい》だして、これがあんなに大きくなったんだものねって、泣《な》いていました。どんなにまあうれしいんでしょう。」

「ほんとうに。ばあやかい、そうかい。」

おとうさまはもうむちゅうで、はしをお膳《ぜん》の上にほうりだして台所へかけだしていらしたのよ。

「おい、ばあや、よくきてくれたね。……鉄《てつ》だなんていうからわかりゃしない。はやくばあやだっていえばいいのに。ばあや、ほんとうによくさがしてきてくれたね。さあはやくこっちへおいで。」

そういいながらおざしきへつれていらしったの。

「ばあやはもう、いくつになったい。」

「もう六十九ですよ。あなたは三十七だね。はやいもんだ、ざっと三十年目でお目にかかるんだが。あなたがまだこのおじょうちゃんより小さかったくらいだからね。」

「ばあや、これはもう十二だよ。十二ならぼくもよくおぼえているはずだ。まさか十二になるまで、ばあやのちちを飲ませてはもらわなかったろう。」

みんながわらったので、おとうさまはずかしいような顔をなさってよ。

「おとうさま、おとうさまもおちちをあがったの。」

そういって、わたしからかってあげたの。

「それはそうともさ。」と、ばあやもいっしょになってわらうのよ。

「ばあや、なぜおまえもっとはやくたずねてくれなかった。ほうぼう聞きあわせてもいるところは知れず、もうきっと死んだんだろうとうわさしていたよ。」

「いやだよ、死んだなんて。ばあやもいろいろせわしかったし、それにからだがわるくってそりゃこまったよ。」

「家もほうぼう引越しをしたがよくわかったね。」

「それはわかっていたとも。小田原《おだわら》のしんせきに牛乳屋《ぎゅうにゅうや》があって、うちにでいりをする渋谷《しぶや》の牛乳屋を知っていたからね。ちゃんとそれはわかっていたとも。」

「ばあやと牛乳屋ではすこし縁《えん》があるわけだね。それならなぜ手紙でもはやくくれなかった。」

「そう思ったけれども、やはり字が書けないだろう、めんどうだね。人に書いてもらうたってあんまりいい顔はしやしないやね。」

「それはそうだね。」

「でもこのごろはひらがなだけやっとおぼえたが、電報も読めないでこまるよ。」

「どうして、ばあや、かたかなは読めないの。」

「ならわないものさ。」

「あら、学校ではかたかなをならってから、それからわたしひらがなをならってよ。どうしたんでしょう、かたかなのほうがやさしいのに。」とわたしがいっても聞こえないふうをしているのよ。それはまけおしみが強いばあやよ。

「それでもこのごろは自分でむすこのところだけへは手紙が書けるようになったからありがたいものさ。」

「そうですか、それはいいことね。では、ばあやのむすこさんは遠くにいるの。うちにはだれがいるの。」とおかあさまがお聞きになったら、

「むすこは二人ともアメリカでさ。だからうちはばあや一人ぎりさ。」

「ではさびしいね。」

「さびしいたってもう十二年も一人でいるから、なれてしまったさ。一人がいい、一人ではけんかもできないからね。」

「アメリカでなにをしているの。」

「兄のほうは洋服屋《ようふくや》で、弟のほうは会社を持っているんだってね。弟のほうがすばしっこいから成功《せいこう》したんでしょう。ときどき金をおくってくれますよ。」

「それはけっこうですことね。」

「けっこうでもないよ。百円や二百円の金がなんだってしかってやるんです。あっちではたいした店を持っているっていうからね。人も三十人からつかっているということだ。」

「会社ってなんの商売をしているんだろう。」

「クリームだとか、ミルクだとかいったっけよ。」

「じゃやっぱりちち屋さんだね。」

「そうかね。あいつのつくるアイスクリンとかいうものが、なんでも米国《べいこく》でいちばんうまいということです。」

「まだ一度もむすこさんたちはかえらないんですか。」

「毎年かえるかえるといってくるだけで、一度もまだかえっちゃこないよ。」

「じゃ、ばあやのほうからたずねていったらどうだい。そうしてひとつハイカラになってかえってきたら。」

「いやでさね。ことばもわかりもしないくせに。」

「それもそうだね。東京にだって三十年ぶりでなければこないんだもの。」

「わたしだってなかなかせわしいやね。一《いっ》けん家《や》を持っているといろんな用があるさ。それに田うえだ、おかいこだなんて、一年中あそんでいるひまはないよ。去年の夏もこちらへこようと思っていたら、庭の草花がさいたんでこられ

なくなってしまった。ばあやのところの草花はそれはきれいだよ。みんな種はアメリカからおくってよこすんだからね。あんなきれいな花はほかにはない。だから子どもたちが学校のゆきかえりなんかにとってしかたがないんだ。ばあやが見つけしだいどなってやらね。てまえたちはなんだ、学校へなにをしにゆくんだ、ぬすとうのけいこをしにゆきはしまいって。それでもきかないようなやつにはかまわないから水をひっかけてやらね。一度は学校へどなりこんでやったさ。先生、おまえさんはいったい学校でなにを教えているんだい、いくら算術《さんじゅつ》や読書《よみかき》ができたって、人の家の花をぬすむような生徒のしつけかたでどうなる。ばあやのようにかな一つ書けないでもおまわりなんかに小言《こごと》ひとついわれるようなことはしないよ。それがおまえさんの生徒によくわかっているかとそういってやった。」

「それからどうしたい。」

「先生がたいそうわるかったといってね、生徒をあつめ、こうこうだったとわたしの話をしたそうです。そんなことでだんだん生徒もよくなるのさ。」

「近所ではこわいばあやだっていっているだろうね。」

「いうともさ、みんなぴりぴりしているよ。でもまちがったことはこれんばかりもいわないから、わたしのまえにでてはみんなへいへいしているさ。」

こんな話をしているところへ、お鍋《なべ》が、

「ばあやさん、ご膳《ぜん》ができました。」と、知らせにきたの。ばあやが、ご膳をいただきに立っていったあとで、おとうさまもおかあさまもわたしも、こんなおもしろいばあやがきてくれたことをたいへんよろこんだのよ。ばあやは、まだ家にとまっていて、毎日、みんなをわらわせてばかりいるから、一度見にいらっしゃいな。それはほんとうにおもしろいばあやよ。


（おわり）

かなりあ

西條《さいじょう》八十《やそ》

——歌を忘《わす》れたかなりあは後《うしろ》の山にすてましょか。
——いえ、いえ、それはなりませぬ。

——歌を忘《わす》れたかなりあは背戸《せど》の小やぶに埋《う》めましょか。
——いえ、いえ、それもなりませぬ。
——歌を忘《わす》れたかなりあは柳《やなぎ》のむちでぶちましょか。
——いえ、いえ、それはかわいそう。

——歌を忘《わす》れたかなりあは
象牙《ぞうげ》の船に、銀のかい、
月夜の海に浮《う》かべれば、
忘《わす》れた歌をおもいだす。

ろうそくをつぐ話

大木篤夫《おおきあつお》

一

マルチンというまずしい小作人がおりました。かなりのおじいさんになってから、おかみさんがかわいい男の子を生みました。そのときのことです。お寺のものだという、品のいい女がたずねてきて、かわいい赤んぼうが生まれたそうでおめでたい、こころばかりのおいわいをしたいから、その子をつれて寺まできてほしい、こうしんせつにまねいてくれましたので、まずしくておいわいもろくろくできない夫婦《ふうふ》のものは、たいそうよろこびました。さっそく、マルチンが赤んぼうをぼろにくるんで両手にかかえ、いそいそしながら女についてゆきました。マルチンは、この女を、ただの寺女だとばかり思っていたのですが、そうではなかった、この見知らぬ女は、人間の世界をあちらこちらと歩きまわって、いよいよ最後がきた人をさらってゆく「死」だったのです。

そんなこととは夢《ゆめ》にも知らないマルチンはやがて、ふるめかしい大きなお寺につれこまれました。

おいわいの儀式《ぎしき》がひととおりすむと、女はいろいろのめずらしい室を見せてくれましたが、おしまいに、もっともっとふしぎなところへ案内《あんない》してあげようといって、いくつもいくつも室を通りぬけ、大きなあなぐらにマルチンをつれておりました。そのあなぐらを通りぬけると、またあなぐら、つぎからつぎと通りぬけて、地の下の、長い道をいきつくすと、さらに一つの広い場所にきました。

見ると、どうでしょう。そこにはいく百いく千万本とも数知れぬろうそくがもえていました。いまともしたばかりの長いろうそくもあれば、なかほどまでもえ落ちているのもあり、そうかと思うと、もうほとんどもえつきた短いのもある。灯《ひ》の明るいのも暗いのもある。ひとすみには、また、まだいっぺんももされたことのない新しいろうそくが山とつまれているのです。

「ごらんよ、ほら、これが世界じゅうの人間のろうそくなんだよ。」と、ゆびさしながら、「死」の女がもうしました。「わかって？　いのちのろうそくなのよ。だれのろうそくでも、もえつきて消えちまったら最後よ、さっそく、わたしがその人をさらいにゆくんだから。」

「おめえさん、いったい、どなただね？」

「わたし？」女はにやりとして、「死よ。」

マルチンは「死」と聞いて、びっくりしたが、気をとりなおして目のまえを見ると、一本の短いろうそくの火がぼそぼそして、いまにも消えそうになっています。それをゆびさして、マルチンはおずおず聞きました。

「だれのですか、これは？」

「それはおまえさんのろうそくよ。」

マルチンは青くなってしまい、どうかそのろうそくを長くしてくれとたのみましたが、「死」は、

「いいえ、とんでもない。」

と、かぶりをふって、マルチンの両手から、ゆっくりと赤んぼうをだきとりました。そしてマルチンのほうにはかまわず、

「さあ、これからぼうやのろうそくをつけようね。」

そういってあやしながら、「死」の女がちょっとあちらをむいたときです。

マルチンはいきなり、そこにあった新しい長い一本のろうそくをひっつかんで、手ばやく、ポキリと半分におり、ぱっと火をつけ、ほどなくもえつきて消えようとしている自分のろうそくのへたの上につぎたしました。

しかし、女はふりかえって、すぐにマルチンのしたことを見やぶり、顔をしかめて、

「つまらないことをしたのね、おまえさん、きっとこうかいするときがくるわ。」

と、しかるようにもうしました。

「でも、まあ、してしまったことは、いまさらしかたがないわ。とにかく、それで、おまえさんのいのちだけはのびることになったわけね。だけど……」

いいかけて、女はきゅうにだまってしまい、マルチンがきまりわるそうに下

をむいているひまに、マルチンのおりのこしたあと半分のろうそくに、新しく火をつけましたが、女はわざとそ知らぬ顔をして、

「さあ、もうおかえり。かえって、この子のお母さんをよろこばせておやり。」

こういいいい、なおもおいわいのしるしとして金貨《きんか》を五枚《まい》、マルチンの手ににぎらせました。

二

「死」は、マルチンの家までついてきて、赤んぼうのことをしきりにほめそやして、ねている赤んぼうのお母さんをなぐさめました。マルチンは、もらった金貨を持っていそいで酒屋へいき、酒を一びん買ってきて、おいわいのさかずきをあげ、できるかぎりのごちそうをしてお客さんの「死」をもてなしました。

すると、「死」もよろこんで、

「マルチンさん、おまえさんはひどくびんぼうだから、わたし、なんとかしてあげなきゃならないわ。」と、いいだしました。「いいましょうか、わたしのすることを。それはね、こうなの。おまえさんをえらいお医者さまにして、うんとお金のとれるようにしてあげたいの。それで、まあ、おまえさん、さいしょに、りっぱなお医者のところに弟子《でし》いりをするのよ。あとはばんじわたしにまかせてごらん、わるくはしないから。」

そこで「死」の女はマルチンの両耳に、ある魔法《まほう》の膏薬《こうやく》をすりつけて、それからある名高い博士《はかせ》のところへつれていき、マルチンを弟子にしてくれるようにと、ねんごろにたのみこみました。

博士はいちおうひきうけはしましたが、はらのなかでは、このおいぼれになにができるかと思ったので、まずその力をためしてみるために、マルチンをつれて、野原へ薬草《やくそう》の採集《さいしゅう》にでかけました。

しかし、「死」の女はまえもって魔法《まほう》の膏薬《こうやく》をマルチンの耳にぬっておきました。そのおかげで、マルチンはどんな薬草《やくそう》のささやきでもわかるようになっていましたから、だいじょうぶです。どの薬草も、どの薬草も、マルチンがつむと、それぞれ自分の秘密《ひみつ》の効能《こうのう》をささやいてくれたのです。

「わたしは胃病《いびょう》をなおします。」

「わたしは熱をさまします。」

「わたしはおできによくききます。」

弟子《でし》がなかなか薬草のことにくわしいので、さすがの博士《はかせ》もどぎもをぬかれて、

「いや、どうも。おまえはじつによく知っておる。わしよりもくわしい。一つだってまちがわなかったな。」とほめて、「これゃあ、むしろ、わしのほうが弟《で》子《し》になるのがほんとうだ。どうだろう、いっそ二人で、共同事業《きょうどうじぎょう》ということに

しようじゃあないか。わしがおまえの下ではたらく、力をあわせて、すばらしい治療《ちりょう》をやり、世間《せけん》をあッといわせてやろう。」

こうして、「死」の女のおかげで、マルチンは博士《はかせ》にとりたてられました。

三

小作人のマルチンが、ひとかどのお医者になったころ、また「死」の女がやってきました。

「さあ、こんどは、医者は医者でも、おまえさんをもっともっとえらい世界一のお医者さまにしてあげるから、いうことをお聞き。——まず、わたしがこの世に病気をはびこらせる、おまえさんがそれをいちいちなおしてゆく、するとおまえさんの名が高くなって、外国にまでひびき、諸所《しょしょ》ほうぼうからむかえをうけて、お礼の金もどっさりもらえるというわけなのよ。それでね、そうするにはいいことがある、わたしとぐるで、こんなふうにするの。――どこかに、死にかかった病人があると聞いたら、おまえさん、すぐにその家へいって『わたしがきっとなおしてあげる。』というがいいわ。わたしがついているからだいじょうぶよ。それに、わたしの姿《すがた》はおまえさんにだけ見えて、ほかのだれにも見えやしないんだから。で、ね、そのとき、わたしが病人の寝台《ねだい》の足もとに立ったら、この病人はきっとよくなるというしるしだから、おまえさんすぐに薬《くすり》を処方《しょほう》するのよ。するとだんだん病人がよくなると、病人は、もうたすからないところをおまえさんがなおしてくれたと思うにちがいないわ。ただ、いっておくけど、もしわたしが病人の寝台のまくらもとに立ったら、もうこの病人はどのように手をつくしても死ぬるというしるしよ。だから、そういうときにはね、おまえさんきまじめな顔をして、『もうこれはたすからん。』こういわなくちゃいけない。死ぬるといった病人が、あんのじょう、死ぬる。たすかるといった病人はかならずたすかる。さあ、そうなると、おまえさんにたいした信用がつくわ。死ぬることも、たすかることも、まえもってちゃんと知るなんて、なんというえらいお医者だろうと、みんなおまえさんのことをほめそやすわ。」

なおもいろいろとさしずをして、女はわかれてゆきました。

マルチンは「死」の女のことばをまもったものですから、いく年かたつうちに、えらいお医者として、その名は津々浦々《つづうらうら》までひろがりました。「死」が病人をつくると、いつでもマルチンがそこへいっておどろくべき治療《ちりょう》をしたので、それを聞きつたえた公爵家《こうしゃくけ》や伯爵家《はくしゃくけ》がひっぱりだこでむかえるというふうでしたが、はたから見れば、ほんの膏薬《こうやく》をからだにすりこんだり、一粒《つぶ》か二粒のにがい薬を飲ませたりするだけで、もう、見る見る病人がよくなるのですから、マルチンのふしぎな手なみに感じて、お礼はなんでものぞみしだいにとらせました。「死」の女が病人のまくらもとに立ったら、もう手をくだしてはいけないというしいいつけを、マルチンはいつもわすれませんでしたが、ただ一度、そのことばにそむいたことがあります。

金持ちの名高い公爵《こうしゃく》が死にかかっているところにマルチンがまねかれた、そのときのことです。病室にはいってみると、公爵のまくらもとに、「死」が立っております。ああ、もうたすからんのだな、と心のうちにマルチンは思いましたが、おつきの人たちから、たすかるかと聞かれて、つい口をすべらしてしまいました。

「しかとはうけあいかねますが、できるだけ手をつくしてみましょう。」

マルチンはめしつかいたちをさしずして、公爵の寝台《ねだい》をぐるりとまわし、頭のかわりに、足のほうを「死」のまえにむけました。そこで、公爵の病気はなおりました。マルチンはお礼の金をどっさりもらいました。

しかしつぎに「死」がマルチンにあったとき、たいへんしかりつけました。

「マルチンさん、二度とあんなごまかしをおしでないよ。あれはほんとうになおったんじゃないんだよ、公爵《こうしゃく》のさいごはきてるんだもの、わたしがほんのちょっとゆうよしてやったまでなのよ。だって、もう公爵のろうそくの火が消えかかってるんだもの……」
「死」のことばにまちがいはありませんでした。まもなく公爵は死にました。

四

またいく年かすぎました。マルチンはますます名高くなり、たいした金持ちにもなりましたが、だんだんおいぼれました。頭の髪《かみ》は白くなり、顔にはふかいしわがより、からだもゴチゴチやせてきました。老年《ろうねん》のおとろえというものがおそって、もう生きていることになんのよろこびもたのしみもなくなりました。そこでマルチンは「死」にたのんだのです。

「ああ、わしはおいぼれた、つかれた、この世にあきた、さあ、つれていってくれ。」

しかし、「死」はかぶりをふりました。

「いえ、いえ。まだつれていくことはできないわ。だって、もともとおまえさんが自分でかってにいのちのろうそくをつぎたしたりしたんじゃないか。あれがもえつきるまで、おまえさん待たなきゃならないよ。」

「ああ、待つのか、それまで。長い、長い。わしはたいくつだ。」

マルチンはためいきをつきました。それにまた、みょうなことが起こってきました。「死」の女においわいをしてもらった赤んぼうは、いつかいいわかものになって、見るからに生き生きしていましたが、どうしたことか、きゅうにおとろえて、いまにも死ぬかと思われるようになってきました。どことて病気もないのに、ふしぎです。マルチンはいくら自分が医者でも、どうすることもできません。なみだにくれておりますと、いよいよある日、「死」の女がやってきて、むすこの寝台《ねだい》のまくらもとに立ちました。それを見ると、マルチンはむねもはりさけるようにさけびました。

「ああ、むすこは死ぬるのか。どうか、わしをかわりにさらっていってくれ。この世に用のないわしをのこして、たのしみの多いわかものをさらってゆくとはなにごとだ、なんというあべこべのことだ！」

すると、「死」はあざわらいました。「いまこそ思い知るがいいわ、そりゃあ、みんな、おまえさんの罪《つみ》なんだよ、おまえさんが生きのびるためにむすこのいのちをとったんだよ。ほら、おまえさんが半分におってつぎたしたあの新しいろうろくね、あれはいったいだれのだと思って？　あれは、おまえさんの赤んぼうのろうそくだったんだよ、そうよ、おまえさんが赤んぼうのいのちを半分とっちまったんだよ。あのとき、後悔《こうかい》するときがくるよとわたしがいったのは

このことさ。」

マルチンは後悔《こうかい》しました。ない寿命《じゅみょう》をよくばったばかりに、つい知らないでかわいいむすこのいのちを半分以上もちぢめていたことに気がつくと、心から後悔しました。「わしがわるかった。おねがいだ、どうぞ、あのあなぐらにもう一度つれていってくれ。わしはいのちをかえしたい。」

「死」はマルチンのまごころがわかったので、ねがいを聞きいれ、すぐにマルチンをろうそくのもえているあなぐらにつれてゆき、いまにももえつきようとしているろうそくをゆびさして、もうしました。

「さあ、これよ、むすこさんのは。」

「わしのは？　わしのは？」

「おまえさんのは、ほら、そこに！」

かなりもえ落ちてふるびてはいるが、まだかなり長いそのろうそくを、マルチンは根《ね》こそぎおって、消えかかっているむすこの上につぎたしました。むすこのろうそくはきゅうにあかあかとさかんにもえだしました。

「よろしい、それでむすこさんのいのちはたすかった。はやくかえってごらん。」そういいいい、「死」の女はマルチンのろうそくのわずかなのこりに火をつけて、「さあ、かえって、生き生きしたむすこさんの顔をごらん。それまで、おまえさんの火はわたしがまもっていてあげる、いましばらくのあいだよ、それも。心のこりはないね？」

「ない！　むすこの生き生きした顔が見られさえしたら。」

マルチンがかえってくると、むすこはぴんぴんしていました。ねているどころか、窓《まど》に立ってマルチンをでむかえていました。マルチンはそれを見て、にっこりしながら、いそいそと戸口に近よったとき、そこへ、とうとう「死」がやってきました。「死」が青い木の枝《えだ》でマルチンのあごをなでると、たちまちマルチンの目はどろんとなって、頭はしだいしだいにたれさがり、やがて、からだがぱたりと「死」の女のひざの上にたおれました。それなりにマルチンはこんこんとねむりましたが、その顔はいつまでもにっこりとわらっていました。

人びとは、戸口にたおれているマルチンを見て、こういいあいました。

「お、死んだよ、名高いお医者のマルチンさんが死んだよ。おしいことだ、りっぱな人だったになあ、これほどの人はまたとあるまいになあ。」
・・・・・・
あなぐらのマルチンのろうそくは、ちょうど、そのとき、消えたのでした。

（おわり）

おもちゃは野にも畑にも

島崎藤村《しまざきとうそん》

わたしのちいさいときのように山の中にそだった子どもは、めったにおもちゃを買うことができません。たとえ、ほしいと思いましても、それを売る店が村にはありませんでした。

おもちゃがほしくなりますと、わたしはうらの竹やぶの竹や、むぎ畑にほしてあるむぎわらや、それからじいやがやさいの畑のほうから持ってくるなすだのかぼちゃだののなかへよくさがしにいきました。

じいやが畑から持ってくるなすは、わたしにへたをくれました。そのなすのへたを両足の親指のあいだにはさみまして、つまさきをたてて歩きますと、ちょうど小さなくつをはいたようで、うれしく思いました。

かぼちゃもわたしにへたをくれました。

「ごらん、わたしのへたのかたいこと。まるで竹の根《ね》のようです。これをおまえさんの兄さんのところへ持っていって、このうらのたいらなところへなにかほっておもらいなさい。それができたら紙の上へおしてごらんなさい。おもしろい印形《いんぎょう》ができますよ。」とかぼちゃが教えてくれました。

うらの竹やぶの竹はわたしに竹の子をくれました。それで竹の子のておけをつくれ、といってくれました。

「こいつも、おまけだ。」と細く竹のわったのまでくれてよこしました。その細い竹をけずりまして竹の子のておけにさしますと、それでさげられるようにな

るのです。水もくめます。わたしは表庭《おもてにわ》のなしの木やつばきの木の下あたりへ小さな川のかたちをこしらえました。よせあつめた砂《すな》や土を二《ふた》かわにもりまして、その中へ水を流しては、あそびました。竹の子のておけで、さげていった水が、その小さな川を流れるのをたのしみました。

　むぎ畑に熟《じゅく》したむぎはわたしにほさきのほうの細いむぎわらとどうなかのほうの太いむぎわらとを

くれました。

「これは、どうするんですか。黄色いむぎわらでなけりゃいけないんですか。」

とわたしが聞きましたら、むぎのいうには、

「ナニ、青いんでもかまいませんが、なるなら黄色いほうがいい。むぎは熟《じゅく》するほどじょうぶですからね。この細いむぎわらのほさきのほうをかるくおっておきなさい。気をつけてしないと、おれて、とれてしまいますよ。それから太いむぎわらの節《ふし》のある下のところを一寸《いっすん》ばかりおまえさんのつめでおさきなさい。これも気をつけてしないとみんなさけてしまいますよ。太いむぎわらにはかならず一方に節のあるのがいります。それができましたら細いほうのむぎわらを太いむぎわらのさけたところへさしこむようになさい。」

なるほど、むぎのいうとおりにしましたら、子どもらしいおもちゃができあがりました。細いむぎわらを下から引くたびに、むぎのほさきが動きまして、

「こんちは、こんちは。」といいました。

わたしは、いろいろなおもちゃが野にも山にもあることを知りました。竹やぶからとってきた青い竹の子、むぎ畑からとってきた黄色いむぎわらで、おもちゃを手づくりますことのいうにいわれぬたのしい心持ちをおぼえました。

畑のすみにちょうちんをぶらさげたようなほおずきが、わたしにほおずきの実をくれました。そして、そのしんをだしてしまってから、古いふでのじくでふいてごらんと教えてくれました。

ふでのじくはさきのほうを小刀かなにかでいくつにもさきまして、あさがおのかたちにおりまげるといいのです。その受け口へ玉のようにふくらめたほおずきをのせ、下からふきましたら、かるいほおずきがくるくるとまいあがりました。そしてあさがおなりのくだの上へおもしろいように落ちてきました。

（おわり）

風

巽《たつみ》　聖歌《せいか》

風は木ごとにいっていた。
もうじき、
春のくることを。

ちゃっちゃが鳴いて谷あいの、
雪もすっかり、
消えること。

風は田畑に知らせてた。
おっつけ、
木の芽《め》も出ることを。

あぜにはふきのこけがはえ、
子どもがつみに、
くることを。
風はぼくにもそういった。
復活祭《いすた》も、
あとからくることを。
春の帽子《ぼうし》を街《まち》で買い、
いなかのいとこの、
くることを。

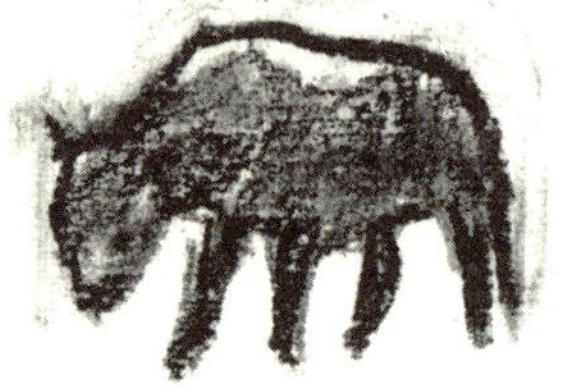

三びきの小牛

細田《ほそだ》民樹《たみき》

一

ある日、百姓《ひゃくしょう》の喜平次《きへいじ》じいさんが、町の牛市場へ、小牛を買いにまいりました。農家《のうか》はどこでも、くらしがらくではありませんから、百姓のあいまに、いろいろの副業《ふくぎょう》をやって、くらしのたすけとするものですが、小牛を買って、大きくそだてて売ることも、副業の一つなのです。で、喜平次じいさんも、牛市場にきますと、近在《きんざい》からたくさんあつまっているなかを、あれかこれかと見てあるきました。そして茶色の毛なみの美しい一ぴきの小牛のまえにきますと、いかにもじいさんは気にいったらしく、まるまるとよくふとって、むじゃきなかわいい目をしばだたいているその小牛に、しばらくぼんやり見とれていました。

「どうだな、喜平次《きへいじ》さん、この小牛は。よくこえとるところを見ておくれ、きょうの市には、これくらいな小牛はほかにいませんだよ。」

持ち主のばくろうがそこへきて、じいさんにすすめました。

「そうだよ。まったくみごとな小牛だ。いったい、いくらにまけるだね。」

「そうさな。まァ、ちょっとここへ手をいれておくれよ。」

ばくろうはそういって、喜平次じいさんの片手を自分のそでの中にいれました。ひとに見えないように、そでの中で指をにぎらせ、指の数で金目《かねめ》をしめすのがばくろうのならわしです。

「これなら、高くはあるめえ。」

「そうか。そんなところでがまんして買っとくかな。」

ばくろうとじいさんは、そこではじめてそでの中から手をだして、

「よい、よい、よいとな。」と、そんなことをいいながら、たがいに手打ちをしました。それが、あきないになったしるしです。

茶色の小牛は、自分が売られたことも知らないのでしょう、めえんめえんとむしんにないていました。

「なあ、喜平次《きへいじ》じいさん、つれてかえって、ねんごろに飼《か》ってごらんなさい。一年飼ったら、いまの相場《そうば》の三倍にゃ売れますよ。」

ばくろうはじいさんをよろこばせるようにいいました。

「そのかわり、一年飼うには、どっさりかいばがかかるで、そんなうまい金も

うけにはならねえよ。ハッハッハ。」

喜平次《きへいじ》じいさんは、しかし、うれしそうにわらいながら、たいそうじょうきげんで、いま買った茶色の小牛を、ひきひき、市場をでていきました。

「しい……ちょっ……ちょっ、しい……」

じいさんはしたをならして、小牛をうしろから追いながら、鼻づなをゆさぶって、さもとくいそうに町を歩きました。

「やあ、かわいい小牛が通るなあ。きれいな毛だなあ。」

町の子どもたちは、思わずさけびました。喜平次じいさんは、そういうほめことばを聞くと、ますますとくいになりながら、わざとゆっくり小牛をひいていきました。

「そうだ。あそこのげた屋によって、この小牛を見てもらおう。主人も職人《しょくにん》も口をそろえて、小牛をほめてくれるだろう。」

喜平次《きへいじ》じいさんは、ふと思いつきました。町のうら通りに、日ごろじいさんと懇意《こんい》にしているげた屋がありました。そのげた屋の主人は、喜平次じいさんの村からこの町にでて商売をしている男でした。そういうかんけいで、じいさんは町にでてくると、べつだん用事のないときでも、そのげた屋によって、とりとめもない世間話《せけんばなし》をしてかえるのがたのしみでした。

「よう、喜平次さん、しばらくでした。まあ、なんとみごとな小牛を買いなさったこと。」

じいさんが小牛をひいて、げた屋の店さきまでくると、そこの主人は、すばやく目にとめて、おせじまじりに、そういうあいさつをしました。

「きょうは牛市の立つ日だったから、朝はよう村をでていまこれを買ってきました。きょうの市では、まずこの小牛が大将《たいしょう》でしたよ。」

「そうでしょうとも。こんなにそだちのいい小牛は、この近在《きんざい》にゃめずらしい

げた屋

ですよ。」

「生まれて四月《よつき》というが、背《せ》も高いし、よくこえてもいるし、まったくもうしぶんねえですよ。」

喜平次《きへいじ》じいさんは、にこにことうれしまぎれに、いろいろと小牛のじまんをしました。そして、店先に小牛をつないで、さていっぷくとき・・・せるをだしましたが、あいにくたばこ入れの中には、ちっともたばこがありませんでした。と、ちょうど五、六けんさきに、たばこ屋があったので、じいさんはたばこ屋へ走りました。

そのあいだに、いままで店の職場《しょくば》で、だまって、げたをけずっていた職人《しょくにん》の与三吉《よさきち》が、ひょいと頭をあげてにやにやわらいながら、おもてにいる小牛と主人の顔を見くらべていましたが、きゅうに、とんきょうな声でいいました。

「親方、喜平次じいさんは、あの小牛をたいへんじまんしますな。親方がいっぱいおごんなさりゃ、じいさんの村へかえるとちゅうで、わたしがじょうだんに、あの小牛をぬすんでみせますよ。」

与三吉《よさきち》は日ごろ無口な職人《しょくにん》ですが、ときどき思いだしたように、ひょうきんなことをするわかものでした。

「だっておまえ、喜平次《きへいじ》じいさんが、ちゃんと鼻づなを持っているものを、どうして、ぬすんでこられるものかね。じいさんをなぐりたおせば、ぬすめないこともないが、それじゃあほんとうのどろぼうじゃないか。」

げた屋の主人は、ふしぎそうにいいました。

「いいえ、親方。そんならんぼうはいけませんや。そういうことをせずに、じょうずに小牛をぬすんできたら、いっぱいおごりますか。」

「そりゃアおめえ、いっぱいどころじゃない。おめえの飲みたいだけおごってもいいよ。」

「そうですか。ひとつやってみましょうか。はっはは。」

与三吉《よさきち》はわらいながら、なにを思いついたのか、店の戸だなにあった新しいげたを一足《いっそく》持って、そのままうら口へそっとでていきました。与三吉もむろん、じいさんがどこの村へかえる人か、日ごろから知っていました。喜平次《きへいじ》じいさんの村へかえるには、町をでて七、八丁《ちょう》いくと、杉の森のあることも知っていたのです。

いっぽう、喜平次じいさんは、たばこを買ってくると、いっぷくやりながら、主人と、いろいろ話していましたが、やがて、小牛の鼻づなをとって、かえりじたくをしました。

「じゃあ、さよなら。また町にでたら、よせてもらいますぜ。」

「ええ、またよってください。せっかく上等の小牛を買いなさったんだから、とちゅうでまちがいのないように気をつけなさいな。そうしてせいぜいよく飼《か》って、大きくしておやんなさいよ。」

「小牛が大きくなったら、また町の市場に売りにきますだよ。」

喜平次《きへいじ》じいさんは、なにも知らずに、そういいながらいそいそと小牛をつれてかえりました。

二

町をはずれて、七、八丁《ちょう》くると杉の森にさしかかりました。

「しい…ちょっ…ちょっ…しい。」

喜平次《きへいじ》じいさんがしたをならしながら小牛を追ってそこまでくると、どうしたことか、道のまんなかに、土のつかない新しいげたが、片方だけ落ちていました。

「おや、新しいげたが落ちとるぞ。だれか町で買ってかえりに落としたのだろ

うな。」じいさんは、よっぽどそれをひろおうかと思いましたが、「いや、片方だけひろったところで、げたはなんにもならないや。」と口のうちでつぶやきながら、そのまままいきすぎました。それから、森の中の道をまた六、七丁《ちょう》かえってくると、いがいにも、そこにはまた新しいげたが片方落ちていました。
「おや、また落ちとるぞ。これは、さっき落ちてたのと、かっこうもはなおの色もおなじだな。さっきのと

あわせると、ちょうど一足《いっそく》になる。
どれ、それならあとがえりして、さっきのもひろってこよう。」
喜平次《きへいじ》じいさんは、これはうまいと思いながら、さっききゅうひろわずにきた片方のところまで、きゅうにあとがえりをすることにきめました。しかし、のろのろとした小牛をひいて、あとがえりもめんどうなので、茶色の小牛は、道ばたの杉の木につないでおきました。そしていそいで、六、七丁《ちょう》もときた道にかえり、片方のげたをもひろいました。

「やれやれ、これでまんぞくな一足《いっそく》になった。」と思いながら、すぐとってかえして、小牛をつないでおいたところにもどりましたが、ふしぎや、小牛はそこに見えませんでした。

「やっ、しまった。あのあいだに小牛がにげた。あんなにかたくつないでおいたのに、どうしてにげたのだろうな。」

喜平次《きへいじ》じいさんは、血眼《ちまなこ》になって、森の中をあちらこちらとさがしましたが、どうしても小牛の姿《すがた》は見えませんでした。

新しいげたを片方ずつ落としておいたのは、もちろん、職人《しょくにん》の与三吉《よさきち》です。与三吉はじいさんが、片方をとりにいったあいだに、小牛をまんまと、ぬすんで、にこにこしながら、森のうら道から、そッと、町のげた屋にかえりました。

「どうです、親方。うまいものでしょう。」

「ほう、おめえのいたずらにも感心したな。」
げた屋の主人は、したをまいておどろきました。
森の中で小牛をうしなった喜平次《きへいじ》じいさんは、まったくとほうにくれました。
じいさんは、しょげきって、とぼとぼ町のほうへふたたびまいりました。そして
てげた屋のまえまできますと、
「こまったことになりましたよ。杉の森で小牛がにげてしまっただ。それとも
だれかに、ぬすまれたかしれねえ。もう一度、市場にいって、かわりを一ぴき
買わにゃなりませんよ。こまったことだ。」
じいさんは深いためいきをつきました。
すると、げた屋の主人は、気のどくそうな顔をして、しかし、なんだかおか
しさをがまんするような口調《くちょう》でいいました。
「そりゃあ、えらいお気のどくですな。だが、市場にいくにはおよびませんよ。

家にも上等な小牛がおるから、それを買ってください。やすくしときますよ。」

「へえ、あんたのところで、小牛を飼《か》っとるとは初耳《はつみみ》だ。いつから飼ってるだね。」

「なあに、たったせんだってから飼いはじめたんですよ。与三吉《よさきち》や、うらの駄《だ》屋《や》から、家の小牛をひいてきて、お目にかけな。」

「へえい…………。」

与三吉もおかしさをこらえて、なにくわぬ顔でうらにいくと、自分がぬすんできた茶色の小牛をひいてきました。

「やあ、こいつは上等だ。毛なみといい、背《せ》の高さといい、わしがけさ買ったのとおなじだ。いくらに売るだね。」

「そうですな。市場で買いなさったのと、おなじねだんでおねがいしますよ。」

「いいや、わしの買った小牛よりも、このほうはずっとやせとるから、おなじ値《ね》じゃ買えねえだ。」

「あんたのより、ずっとやせておりますか、そんなことはねえでしょう。」と主人は思わずわらいました。

「いいや、たしかにやせとるから、あの小牛よりも二割《わり》ほどひいておきなさい。それなら買いましょう。」

与三吉《よさきち》は、そばで、あぶなくふきだすところでした。

いろいろおし問答《もんどう》のすえ、じいさんはだいぶ値《ね》ぎって、その小牛をげた屋の主人から買い、なんだか、ぐちをこぼしながらかえっていきました。そのあとで、げた屋の主人と与三吉は、はらをかかえて大わらいをしました。

「ねえ、親方、おもしろいじゃありませんか。もういっぺん、あの小牛をぬすんできましょうか。」

与三吉は、そんなことをいいだしました。

「いや、いくらおめえがうまくやっても、こんどこそはおじいさんだって、気をつけてかえるからな。」

「なあに。もういっぺんやってみましょう。」

「それなら、やってごらん。こんどはとてもだめだろうよ。」

主人のゆるしをえた与三吉《よさきち》は、こんどは新しいげたもなにも持たずに、すたすたといそいで店をでました。そしてうら道をぬけ、喜平次《きへいじ》じいさんが、小牛をひいてかえってくるよりもさきに、れいの森の中にまいりました。

与三吉が森にかくれて、いきをころして待っていると、やがて喜平次じいさんが、ぶつぶついいながらあの小牛をひいて通りかかりました。その足音を聞きつけた与三吉は、森の中から、

「めえん……めえん……めえん。」と、たくみな声色《こわいろ》で、小牛とそっくりななき声をだしました。

ふと、その声を聞きつけた喜平次《きへいじ》じいさんは、はっとして、おどりあがるようによろこびました。

「やっ、あのなき声はさっきにげた小牛にちげえねえだ。」

いちずにそう思いこんだじいさんは、あたふたとあわてながらいま買ってきた小牛をそこいらの杉の木にいそいでつなぎ、さっきの小牛をつかまえようと、いっさんに走りだしました。

「おうい、おうい、どこだ、どこだ。」

じいさんがよびますと、

「めえん……めえん……。」と、その声は、だんだん遠くなっていくので、ますますあせりながら走っていきました。しかしこうして、小牛のなき声をまねた与三吉《よさきち》は、そのあいだにべつな道からまわってきて、またまた、杉の木につないであった小牛をぬすんでしまいました。そして、はあはと、いきをきらしながらげた屋にかえってきますと、主人やほかの職人《しょくにん》たちもまったくおどろいてしまいました。

さて喜平次《きへいじ》じいさんは、小牛のなき声にひかされて、森の中をあちこちとさがしあぐみ、あせみずくになってもとのところにかえってみますと、意外にもそこには二度目の小牛さえ見えませんでした。

「おや、おや、どうしたこった。」

喜平次じいさんは、こしをぬかしそうにおどろきました。そして泣《な》きそうな声で、

「まあ、きょうはなんというわるい日だろう。へまなことばかりつづきやがって。」と、つぶやきながら、すごすご村へかえろうとしましたが、あんまりいまいましくて、女房《にょうぼう》や子どもの手前《てまえ》、いかにもめんぼくない気がしました。金にしてもなかなか大きなそんがいでした。で、このままかえるにもかえられず、

げた

じいさんは、また町にしょぼしょぼとひきかえしてきて、げた屋の店にきました。

「ああ、ああ、親方。わしはさっきお家で買った小牛を、また見うしなってしまっただ。」

喜平次《きへいじ》じいさんは、なみだをこぼさんばかりの口調《くちょう》でいいました。

「喜平次さん、かさねがさね、なんとまあ、お気のどくな……。だが、家にはもう一ぴき小牛を飼《か》っておるからそれを買ってくださいよ。」

げた屋の主人は、くすぐったい気持で、しかし、おおまじめな顔でいいました。

「与三吉《よさきち》や、うらの駄屋《だや》からつれてきて、喜平次さんにお目にかけな。」

「へえい。」

与三吉は、たまらなくおかしい気持をかくしながら、しらばくれて、またおなじ小牛をひいてきました。

「おや、どうもこの小牛は、あやしいぞ。」

じいさんは、やっと気づいたように、目をまるくしていいました。げた屋の主人はとうとうふきだしてあっはは、と大わらいをしました。そして、与三吉《よさきち》が二度ともじょうだんに小牛をぬすんだのだと、すっかり喜《き》平次《へいじ》じいさんにうちあけました。

それで、じいさんも与三吉も、げた屋の主人も、はらをかかえてわらいころげ、なかなかおかしさがとまりませんでした。

「あっはっはは、それじゃあ、わしは三びきともおなじ小牛を買うところでしたな。あはっはっは。」

そこで喜平次じいさんは、与三吉にたくさん酒をおごり、みんなでゆかいに飲むと、やがてその小牛をひいて、大よろこびをしながら村へかえりました。


（おわり）

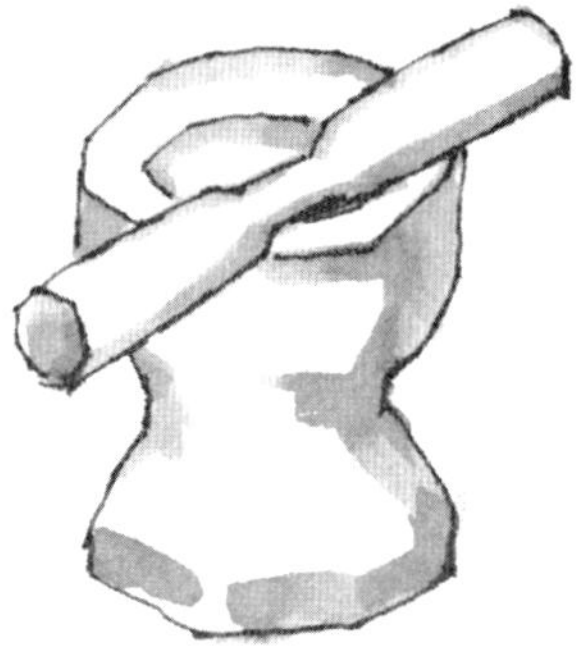

もちつき

森田《もりた》草平《そうへい》

一

おじさんがまだ六つか七つのときでした。

今夜はもちつきだというので、おじさんのお母さんは朝っぱらから井戸ばたで女中をあいてにおこめをといでいました。竹という下男はたちうすやきねをあらっていました。おじさんがめずらしそうにそばへいくと、竹は顔だけあげ

て、

「米《よん》さ、今夜はもちつきじゃが、米さもつきんさらんか。」と声をかけました。

「ぼくもついてええかい。そんならつくぞ。」とおじさんはいいました。

「ああ、ついてもええぐらいじゃない、ひとつ力《りき》んでついちょくれんさい。」と竹はま顔で返事をしました。もちつきだけでもうれしいのに、自分でもちをついてもいいといわれたので、おじさんはもううちょうてんになってしまいました。が、こまったことには大人のつかうきねは、とても子どもにはつかわれそうにない。いろいろ考えたあげく、毎日おもちゃにしているかなづちをきねがわりにつかおうと決心しました。そのかなづちは長さ十センチメートルぐらいの円形のもので、それに半メートルぐらいの木の柄《え》がついていました。とりだしてみると、どろがついてよごれていたので、おじさんは昼間のうちにそれをきれいによくあらっておきました。そして夕方になるのをたのしんで待っていました。

夕方になると、藤三《とうぞう》と栄吉《えいきち》という二人の百姓《ひゃくしょう》男がてつだいにきました。そして、おこめがせいろうでむされると三人がたちうすのまわりに立って、さっそくもちをつきにかかりました。おじさんのいなかでは東京とちがって、もちは三本ぎねでつくようになっていました。ぺったんこっこ、ぺったんこっこ、ひやっおい、と、ときどきかけ声をいれて手がえしをする。手がえしというのは、きねの落ちるすきをみて、うすのなかのもちをひっくりかえすので、これは女の役でした。ぺったんこっこ、ぺったんこっこと、いなかのもちつきはいさましくて、なかなかけいきのいいものです。まもなくひとうすつきあがりました。おじさんのお母さんがそれをうけとって、板の上でたいらにのしました。

そのあとからすぐにまたむされたおこめが持ってこられました。おじさんは、こんどこそ竹がおじさんにもつけというだろうと思って、昼間あらっておいた

小さなかなづちを手に、待ちかまえていました。けれども竹はけさおじさんにいったことをわすれてしまったのか、おじさんにはなんともいわないで、またもとの三人でつきにかかって、見ているうちにそのひとうすをつきあげてしまいました。そのおもちはまた板の上でうすくのされました。

三度目におこめがまたむされました。おじさんは、こんどこそどうしてももちをつく気で、さいしょから

かなづちを持ってうすのまわりに立っていました。すると、湯気《ゆげ》の立つせいろうをおかまの上からおろしてきた藤三《とうぞう》は、

「さ、どいたどいた。」といいながら、そのなかのおこめをうすのなかへぶちゃけました。竹も栄吉《えいきち》といっしょにきねをとって、

「さ、米《よん》さ、あぶないあぶない。そんなところにうろうろしちょると、きねでどたま（頭《あたま》）わられてしまう。どいたどいた。」と、いきなりおじさんをつきのけるようにしました。

きだてのやさしい栄吉まで、「いまにつきあげてしまったら、あんころもちこしらえたげるでなも、それまであっちへいって待っちょんさいな。」といいながらまた三人でつきにかかりました。

おじさんにもはじめて昼間竹にだまされたことがわかりました。これでは、いつまで待ってもつかせてくれる気づかいはない。だまされたんだ、だまされ

たんだ、と思うと、おじさんはくやしくてたまりませんでした。目にいっぱいなみだをためて、竹をにらんでやりましたが、竹はいそがしいから、いっこうそんなことには気がつかないように、ぺったんこっこ、ぺったんこっこ、と、わき目もふらずもちをついていました。

おれがこんなにおこっているのに、むこうではおれのおこっていることさえ知らんのだ。そう思うと、おじさんはなおなおはらがたってきました。そして、ふいてもふいてもなみだがそのあとからでてきました。が、いくらはらをたてても、泣《な》いていても、大人たちはみないそがしいから、だれ一人として「米《よん》さ、なにをそんなに泣いちょるのじゃ？」と聞いてくれるものもありませんでした。

こうなると、おじさんはまた、泣いているところを見られるのがきまりのわるいように思われてきました。で、かなづちを持ったまま一人で土間のおへっつい（かまど）のうしろにある、まっ暗なたきもの部屋の中へはいっていきました。たきもの部屋には、まきだのしばだのがてんじょうにとどくほどつみあげてありました。そのしばとかべとのあいだに一デシメートル半ぐらいのすきまがあったのでおじさんは体をよこにしてぐんぐんその中へおしこんでいきました。そして、いちばんおくへつきあたったとき、ここまでくれば、もうだれにも見つかるまいと思ってやっと安心しました。が、どうじにまただれかここまで追っかけてきそうなものだという気もしていました。おっかけてこられないのがじつはものたりなかったのですね。じっと耳をすましていると、ぺったんこっこ、ぺったんこっこともちをつく音がたえまなく、して、そのあいだには竹や藤三《とうぞう》のなにやらおもしろそうにげらげらわらう声がときどき聞こえてきました。おじさんはまた、くやしなみだをはらはらと流しました。それに正月まえのことですから、寒気《かんき》もきびしく、じっと立っていると、足もとからひえあがって歯《は》の根《ね》ががたがたとなるように思われました。しかしおじさんはおこっているのだから、寒いくらいはいとわない、だれかここまでむかえにくるまでは、どんなことがあってもここからでていってやらないぞとかたくかくごをきめました。そうしているうちに、だんだんねむくなったとみえて、しばとかべとにはさまれたまますとうとうとねいってしまいました。

二

そのあいだにだんだん夜がふけてきました。おじさんの家は小人数《こにんずう》で、もちもあまりたくさんはつかなかったが、それでもつきあげたのはもう十時をすぎていました。その時分《じぶん》には、おじさんのお父さんも村のよりあいからもどってきて、もちつきのいわい酒を飲んでいました。藤三《とうぞう》と栄吉《えいきち》も台所でお酒のごちそうになっていました。竹は下戸《げこ》でお酒が飲めないので、一人あんころもちをほおばっていました。

ところで、おじさんのお母さんは、あんころもちができあがると、まずそのお初穂《はつほ》をそなえにおくの仏間《ぶつま》へいきましたが、お初穂をとったつぎには、なにをおいてもわが子のおじさんに食べさせたかったのでした。で仏間からでてくると、「米《よん》さや、米さや。」と二声《ふたこえ》三声《みこえ》よんでみましたが、返事がないので、「お清《きよ》や、米はどこへいったえ?」と、おへっついのまえにしゃがんでいた女中に聞いてみました。おじさんのいなかでは、女中のことはだれでもお清《きよ》とよぶならわしでした。

「米さかな。」と、お清はひばしをにぎったまま立ちあがった。「米さはさっきうらのほうへでてきゃしたようじゃったがなも。」

「それならすぐによんできておくれ。あんもちを食べさせるでない。」とお母さんはいいつけました。

お清はうらぐちの戸をからりとあけて、

「米《よん》さ、米さ、おっ母さまがよんでじゃぞな。」と大きな声でよびました。それはおじさんのかくれているたきもの部屋のすぐまえでした。
おじさんはそのまえから起きかかっていましたが、お清《きよ》の声ではっきり目がさめました。ははあ、おれをよんでやがるなとは思ったが、そうなるといっそういこじになって、だれが返事をしてやるものか、用があるならここまでこいと、いきをころしてだまっていました。お清は返事

がないので、

「うらのほうにはおいでんようじゃぞな。」といいながらまたぴしゃりとうらの戸をしめきりました。

「うらのほうにおらんといって、それじゃどこへいったんじゃろない。」と、お母さんはもうそろそろ心配になりだしたらしい。

「どこへいくもんじゃい。もう一人でさきへねたんじゃよ。寝間《おうえ》へいって見てこい、見てこい。」と、お父さんはもうだいぶよいのまわったらしい声でどなりました。「子どもがいまごろまで起きてると思っちょるのかばかじゃなあ。」

ばかといわれるまでもなく、お母さんは寝間《ねま》のほうへかけだしていきましたが、まもなくもどってきて「寝間にもねておらんぞな。ほんとうにまあ、どこへいったんじゃろ。」と、その声はもうおろおろ声になっていました。

「ねておらんと。」と、お父さんの声もすこしあわててきました。

「じゃ便所だ。便所を見てこい。」

「ええ、便所もじょさいなく見てきましたが、上《かみ》のはばかりにははいっておらんぜえも。」

「じゃ、下《しも》を見てこよかなも。」と、それまで主人の心配そうな顔色を見て、ぼんやり土間に立っていた竹がおもてへかけだしていきましたが、まもなく、「下の便所でもない。」と、どなる声が遠方《えんぽう》でしました。それから「ちょうちんだ、ちょうちんだ。」といいながら、ふたたびかけこんできました。

「御新造《ごしんぞう》、ちょうちんをだしちょくれんさい。納屋《なや》をいっぺんさがしてきますでなも。」

「あい。」といいながら、お母さんはわななく手にちょうちんの火をともして、竹にわたしてやりました。

竹がでていくのを見て、それまで、きょとんとしていた、栄吉《えいきち》や藤三《とうぞう》も、「どれわたしらにもちょうちんをかしとくれやす。門外《もんそと》をいっぺん見てきやすでなも。」といいだしました。

「気のどくじゃが、そうしちょくれんか。」といいながら、お母さんはまた二張《ふたはり》のちょうちんをだしてやりました。二人はすぐさまかけだしていきました。しばらく家の中がしんとしました。ふたおやとも心配で、なんとものがいわれぬらしい。まもなく竹がもどってきて、「やっぱり納屋《なや》にも姿《すがた》が見えませんわい。」と報告《ほうこく》しました。

「ついでに蔵《くら》へもまわってきましたが、土蔵《どぞう》のじょうまえはちゃんとおりておるでなも。」

「ああ、あれはわしが夕方ちゃんとおろしてきました。」と、お母さんが返事をしました。

またもやことばがとだえました。

そこへお清《きよ》がのっそりとでてきて、

「きつねにでもつままれやしたのじゃないかな。」とおずおずいいだしました。

「ばかなことをいうもんじゃない。」と、お父さんはひとくちにいいけしました。

「それよりも家の中じゃ、ぼんやりすわっちょらんと、家の中をもういっぺんようしらべてみぃ。」

お母さんはとびあがって、ざしきから仏間《ぶつま》からふたたびたんねんにさがしてまわりました。そして、ときどき「米《よん》さや。米さや。」と、さもかなしそうな声でよぶのでした。が、どこにも姿《すがた》が見えないとわかると、こんどは土間へおりて、ふろばのかげからおへっついのすみまでいちいち見てまわりました。そして、とうとうたきもの部屋のまえまでやってきました。それからうらぐちの戸をあけて、まっ暗な竹やぶの中をのぞきこみながら、

「米さや。米さや。」と、二声《ふたこえ》三声《みこえ》よびました。

おじさんはそのあいだずっとたきもの部屋の中にかくれていました。お母さんが寝間《ねま》へ見にいって、泣《な》きだしそうな声をしてもどってきたときには、おじさんも泣きだしそうになって、もうすこしで声をあげてお母さんをよぼうとしました。が、竹がちょうちんを持ってかけだしたり、つづいて藤三《とうぞう》や栄吉《えいきち》がおもてへでていくもの音を聞くと、なんだかかたきうちをしたようなよい心持ちになって、もうすこしなりゆきを見ていてやれという気になりました。

いっぽうでは、お母さんやお父さんに心配をかけることを思うと、なんだか悪いことをしているような気がして、すぐにでていかなければすまないようにも思いました。けれども、すまないと思えば思うほど、またみょうに気おくれがして、どうしてもでていかれませんでした。さいしょお母さんからよばれたとき、すぐに返事をすればよかったのですが、いったんこじれてしまったものだから、あとになってては、どうにも返事がでにくくなってしまったのですね。

が、こうしていつまでもここにかくれていたら、しまいに自分はどうなるだろうと、それも心配になりました。で心細くてたまらなくなっているところへ、すぐまえでお母さんのよぶ声が聞こえたので、思わず知らず、

「お母さん。」と、泣《な》きだしそうな声で返事をしました。

「ええっ、米《よん》さの声じゃないか。」と、お母さんはすぐに聞き耳をたてました。

「米さや、米さや。おまえどこにおるじゃえ？」

「ここにおる。」と、おじさんは蚊《か》の泣くような声で返事をしました。

「ああ、こんなとこにいたのかえ。」と、お母さんは思わずうれしそうな声をたてながら、手に持ったカンテラの火をさしあげて、しばとかべとのあいだをのぞきこみました。おじさんの顔がはじめてお母さんの目にうつったのですね。

「まあ、そんなところへはいって。はようでておいで。はようここへでておいで。」

「でていかれん。」と、おじさんはまた泣《な》き声でいいました。はいるときには、むりにおしこんだようなもののいざでようとすると、かべとしばとにつかえて、どうしてもでられないのでした。

「なに、でてこられん？　ああお清《きよ》や、お清や。」と、お母さんは、大きな声でお清をよびよせました。お清も竹もすぐにかけつけてきました。そして、三人がかりで、しばを一ぱずつとってはわきへのけたうえ、ようようのことで、竹がおじさんのえりくびをつかんでひきずりだしてくれました。おじさんがでてくると、

「まあ米《よん》さや。」といいながら、お母さんはいきなりおじさんを両腕《りょううで》にかかえて、台所へつれていきました。お母さんの目にはなみだが光っていました。おじさんもおろおろ泣きました。

その時分《じぶん》には門外《もんそと》へさがしにいった栄吉《えいきち》や藤三《とうぞう》もかえってきていました。が、

おじさんがこんなにまでみんなにおおさわがせをしたことについてはだれ一人わらうものもなければ、おこるものもありませんでした。ただみんながいいあわせたように、

「よかったよかった。これでやっと安心したわな。」

なぞというばかりでした。

おじさんにはそれがなんとなくものたりないような気がしました。だれか一人でもおじさんのかくれたことをわるくいうものがあったら、そのときこそ竹のおおうそつきであることをみんなのまえでいってやろうと待ちかまえていたんだけれど、だれもなんともいわないんだからしかたがない。それもいいとして、竹がいまになってもまだ自分がこんな大騒動《おおそうどう》を起こしたもとだということに気がつかないで、ほかのものといっしょになって、へいきでそんなことをいっているのが、にくらしいというよりも、いっそふしぎなくらいでした。

お母さんはおじさんをまえにすわらせておいて、木皿《きざら》にもったあんころもちをつきつけるようにしながら、しきりに食べろ食べろとすすめました。おじさんも一つ手につまんではみたものの、のどにつかえるような気がして、どうしてもむしゃむしゃ食べるわけにいきませんでした。お母さんはまたそれを気にして、

「おまえ、どうしたのじゃえ、今夜は？　あんなところへはいってしゃがんで

おったりしてさ。ほんとにお気あいでもわるかったのかえ。」と、なんべんとなくたずねましたが、おじさんはかぶりをふるばかりで、なんにも返事はしませんでした。

「米《よん》さ、ほんとにどうしたんじゃら？」と、竹はそばへきて、にやにやわらいながら、おじさんの顔をのぞきこむようにしました。おじさんはそっぽをむいて、お母さんのそでに顔をかくしてしまいました。

「おいおい。そんなことを今夜しちくどくたずねてもしようがない。はやくねかせてやれ、ねかせてやれ。」と、お父さんがそばからお母さんに注意しました。おじさんはお母さんにつれられて自分のねどこにはいりましたが、さんざつかれていたこととて、なんにも知らずに、そのままぐっすりねこんでしまいました。


（おわり）

かいせつ　〃先生、ご両親へ〃

童話と童謡の文芸児童雑誌「赤い鳥」は、鈴木三重吉《すずきみえきち》が「世間の小さな人たちのために芸術として真価ある純麗《じゅんれい》な童話と童謡を創作する最初の運動」の抱負《ほうふ》をもって、当代一流の芸術家、文学者たちの賛同のもとに、大正七年七月に創刊されました。

それから、十八年の長い間、病いにたおれる昭和十一年八月まで、「赤い鳥」の編集と経営はもちろんのこと、毎号、童話を書き、作文の指導に努力をかさねました。「赤い鳥」は、三重吉にとって、文字どおりの身命を賭《と》しての事業であったのです。

昭和三年七月、三重吉は、「十周年を迎えて」と題して一文を草しています。その一部をここに記してみましょう。

「……「赤い鳥」がでた当時には、少年少女のための芸術、又は芸術教育の一般社会的施《し》設《せつ》というものは、かなり低劣だったもので、子供たちの謡《うた》う謡にしても、曲詞とともに低俗な唱歌というものしかなく、よみものといっても、少数の除例のほかは、すべて卑俗《ひぞく》な人びとの寄興のみにすぎず、学校教育上においても、芸術方面の教課のごときは、はきちがえの器械的実施につきていたり、または全然無用視されていたことは、今からはだれでも看取《かんしゅ》し得るとおりである。

これらにたいして、「赤い鳥」が、はじめて当代のすぐれたる芸術作家のほとんどことごとくを児童の世界に迎えいれ、児童のために、純芸術的な童話や読物をささげはじめたことは、まったく日本の文化の上の一革命だったと公言し得る。今の日本のごとくに一代の純作家たちが競いたって、児童のための製作に協力するようなことは、いまだかつて、いずれの民族の間にもみられなかった異例で、ただひとり、日本人のみの誇りといって誤りではない。つぎには童謡の創作もまた「赤い鳥」が独創的に寄与しはじめたもので、すでに数百編にあまる宝玉作をかかげている。かくのごとき、児童のためのらんらんたる歌謡の集成を一代にうけとった民族が今もいずくにあり得るであろう。童謡の作曲も純芸術的な児童劇も、みな最初は「赤い鳥」からの所産である。………「赤い鳥」は、ひとり、えらばれたる路をゆく。「赤い鳥」がなかったら日本の児童の世界には、ひとつとして許さるべき雑誌がないことになる。「赤い鳥」の使命は、あくまでも重大である。………」と。

この一部分を見ても、三重吉の「赤い鳥」創刊の抱負《ほうふ》がみのったよろこびと、今後のいきごみがいきづいていることがわかります。そのように、また、「赤い鳥」は、近代児童文学文化の上に不滅の業績《ぎょうせき》をのこしたのです。

さて、芥川龍之介《あくたがわりゅうのすけ》は、小説「鼻《はな》」によって、大正文壇に一躍《いちやく》その名をあげた作家なことはご承知の通り。数少ない童話作品の大部分は、「赤い鳥」に寄せたものです。「くもの糸」は、新進作家時代のもので、同じく「赤い鳥」に発表した「杜子春《としじゅん》」とともに龍之介童話の代表作です。「やかんぐま」の江口渙《えぐちきよし》、「三びきの小牛」の細田民樹《ほそだたみき》、「もちつき」の森田草平《もりたそうへい》は、大正期から昭和初期にかけて、さかんに創作活動をしましたが、「赤い鳥」での童話発表もその創作活動のひとつでした。

「どろぼう」の久米正雄《くめまさお》は、菊池寛《きくちかん》主宰《しゅさい》の「文藝春秋」に寄った作家です。菊池とともに「赤い鳥」に数編の童話を発表しています。

「ばあやの話」の有島生馬《ありしまいくま》は、小説家有島武郎《ありしまたけお》の弟で、高名な画家。文もよくし「赤い鳥」には「じいやの話」も発表しています。

「ろうそくをつぐ話」の大木篤夫《おおきあつお》は、詩人大木惇夫《あつお》のこと。この話は北欧の民話をもとにしています。

島崎藤村《しまざきとうそん》の「おもちゃは野にも畑にも」は、大正八年（一九一九）四月号に発表されたものです。

新美南吉《にいみなんきち》の「ごんぎつね」は小学校の教科書にもとりあげられ学童に親しみ深い作品です。童話ばかりでなく白秋に投稿童謡《とうこうどうよう》もみとめられましたが、夭折《ようせつ》したのはおしまれます。

西條八十《さいじょうやそ》の「かなりあ」は、今日でもうたいつがれている八十の代表作です。「ばら」の北原白秋《きたはらはくしゅう》は、「赤い鳥」に毎号二編の童謡を発表するとともに童謡詩人の養成《ようせい》につくした努力は大きいものでした。巽聖歌《たつみせいか》は、白秋門の逸材《いつざい》で「巽聖歌作品集上・下」を残しています。「空がある」の与田準一《よだじゅんいち》は同じく白秋門で、日本児童文学者協会会長を務め、「病気」の小林純一《こばやしじゅんいち》も日本童謡協会理事長、「月」の清水《しみず》たみ子も同協会理事として、活発に詩作をつづけました。


（編者）

付記・本巻では、読者対象を考慮し、現代かなづかいをもちい、漢字の使用も制限しました。また、本文には、今日では使用を控えている表記もありますが、作品の歴史的、文学的価値、書かれた時代背景を考慮し、原文どおりとしました。

赤い鳥の会
代　表・坪田譲治／与田準一／鈴木珊吉
編　集・柴野民三／清水たみ子

1980年2月

◇新装版学年別赤い鳥◇

赤い鳥4年生

2008年3月23日　新装版第1刷発行

編　　者・赤い鳥の会
発 行 者・小峰紀雄
発 行 所・株式会社**小峰書店**
〒162-0066 東京都新宿区市谷台町4-15
TEL 03-3357-3521　FAX 03-3357-1027
組　　版・株式会社タイプアンドたいぽ
本文印刷・株式会社厚徳社
表紙印刷・株式会社三秀舎
製　　本・小髙製本工業株式会社

NDC918 175p 22cm

ISBN978-4-338-23204-3　落丁・乱丁本はおとりかえいたします。
http://www.komineshoten.co.jp/　　JASRAC 出 0800064-801